KB080351

우리는 열도 침몰을 원한다

우리는 열도 침몰을 원한다 7권

초판1쇄 펴냄 | 2023년 01월 09일

지은이 | 두경
발행인 | 성열관

펴낸곳 | 어울림 출판사
출판등록 / 2009년 1월 23일 제 2015-000062호
주소 / 경기도 고양시 일산동구 무궁화로 43-55, 801호 (장항동, 성우사카르타워)
TEL / 031-919-0122
FAX / 031-919-0127
E-mail / 5ullim@hanmail.net

ⓒ2023 두경
값 9,000원

ISBN 978-89-992-8173-0 (04810)
ISBN 978-89-992-8004-7 (SET)

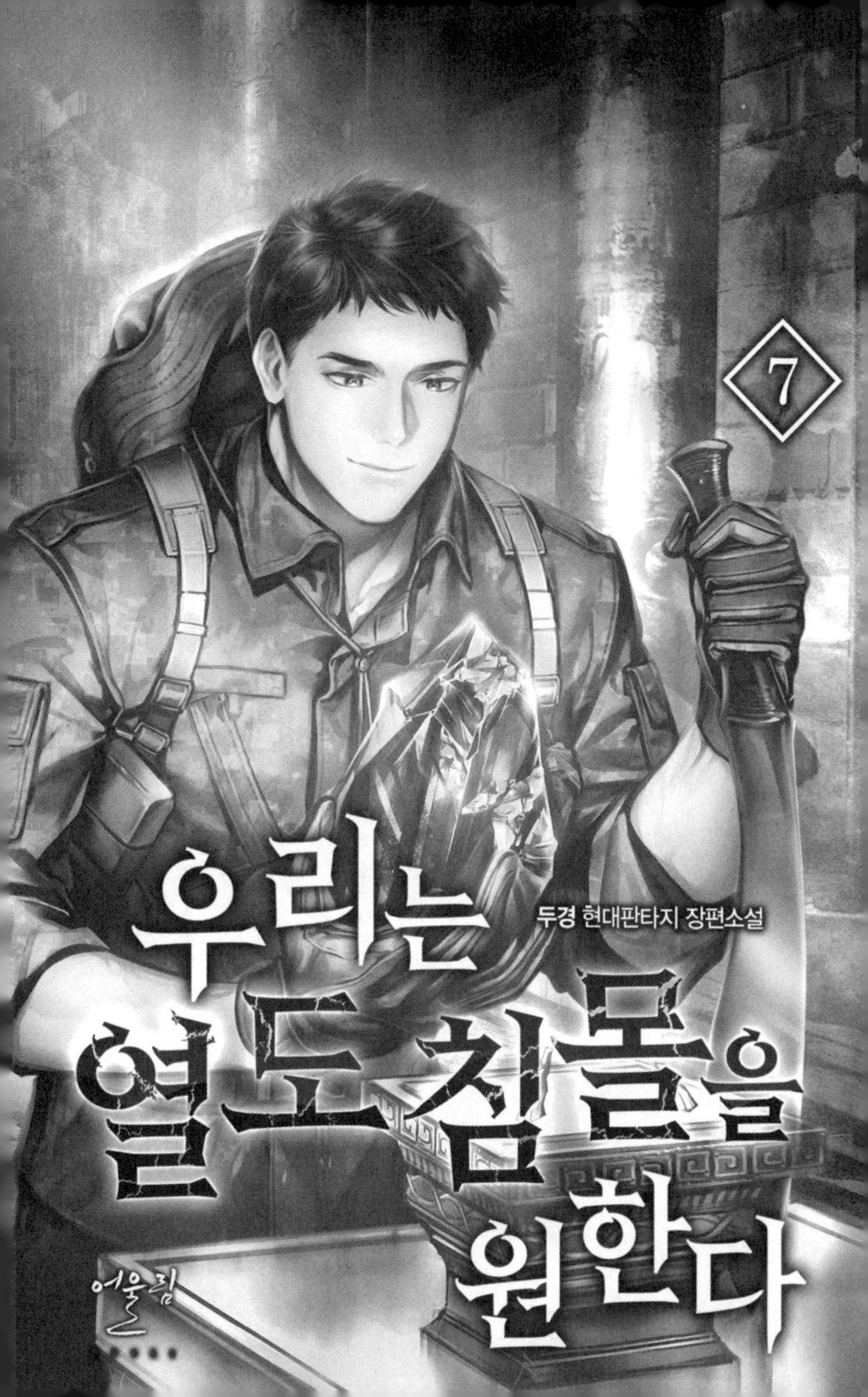
7
우리는 열도침몰을 원한다
두경 현대판타지 장편소설
어울림

우리는 열도 침몰을 원한다

목차

필독

본문에 등장하는 인물과 단체 혹은 기업에 관한 이야기는 실제 존재하지 않는 설정이고, 본문에 등장하는 아만티움은 존재하지 않는 가상의 금속임을 알려드립니다.

우리는 열도 침몰을 원한다

방해 공작

"그게 무슨 소리야?"

"조금 전에 설명 드린 그대로입니다. 그러니까 한국에서는 그걸 아테나 체계로 부른다고 합니다."

내각조사실 모리 실장은 단단히 각오하고 총리에게 보여줄 보고서를 작성했다.

'이러다 짤리는 거 아닌가 모르겠네.'

한국에서 엄청난 일이 일어나버렸는데 그걸 모르고 있었으니.

자신의 책임을 통감한다는 표정을 짓고 있었는데 총리는 그게 더 어이가 없었다.

"아테나? 무슨 이름이 그 따위지?"

"쉽게 설명해서 이지스가 신의 방패라면, 아테나는 전쟁의 신이니 그보다 우위에 있는 체계란 뜻이 아닐까 추측하고 있습니다."

"그러니까 자네 말은 그게 신빙성이 있다는 말이지?"

"미국이 저러는 걸 보면 허위 정보는 아닐 겁니다. 도해영이란 놈이 정보랍시고 던져주고 요구한 돈이 30억입니다. 그 정도면 사실이라고 봐야 하지 않겠습니까?"

도해영 의원은 요시다 대사를 만나서 방위 사업단이 만들어진 것과 아테나 체계란 것이 추진되고 있다는 걸 알려준 대가로 30억을 요구했다.

"칙쇼! 하여간 한국 놈들은 돈이라면 환장을 한다니까. 국가 기밀을 그깟 30억에 팔아먹다니 말이야."

"국회의원이란 놈이 그러니까 나라꼴이 그 모양 아니겠습니까?"

"자네 표정은 왜 그래?"

"이런 정보라면 미리 파악을 했어야 하는 건데… 죄송합니다."

이럴 땐 그저 잘못했습니다, 하고 머리를 숙여야 했다.

그것이 관료 사회에서 취해야 할 덕목이라고 생각하는 모리 실장은 최대한 침울한 표정을 유지했다.

그랬더니 총리가 반응해 준 것이다.

"자네 잘못 아니라는 거 알아. 그러니까 인상 펴."

"감사합니다. 각하."

"그나저나 이지스 함도 없는 한국에서 갑자기 이지스를 능가하는 전투 체계가 개발되다니… 도무지 믿기지가 않는단 말이야."

"그래서 저도 보고 드리기 전에 폭넓은 조사를 실시했습니다. 그랬더니 새로운 인물 중에 자꾸 중첩되는 인물이 있더군요."

"그게 누군데?"

"아직은 정보가 부족합니다만 누군지는 알아냈습니다. 이름이 강백호라고 하는데 혜성같이 등장한 인물입니다."

내각조사실에서 강백호란 이름을 찾아내고는 WT그룹에 대해 전방위적으로 조사를 시작한 결과였다.

끝까지 숨기려고 했다면 내가 나서지도 않았을 것이다. 그리고 제발 얼른 알아채고 시비를 걸어주기를 내심 기다리고 있었다.

"강백호?"

"네. 특이한 점이 있습니다."

"그게 뭔데?"

"겉으로 보기엔 사업가인데 알고 보니 그 작자가 아마존 황금도시 파이티티를 발굴해낸 놈이었습니다."

"파이티티?"

"네. 각하. 항간에 떠도는 소문으로는 거기서 나오는 황금과 보석이 1조 달러 가치가 넘을 거라고 하더군요. 그 외에도 스피츠베르겐 섬에 자치령을 소유하고 있어서 연구해볼 가치가 많은 놈입니다."

"미칠 노릇이군. 그러니까 그렇게 돈 많은 강백호란 놈이 아테나 체계를 개발했단 말이지?"

"지금으로선 그렇게 추정되는데 혼자서는 불가능한 일이니 배후가 있을 것입니다. 그래서 최고를 골라서 보냈으니 며칠만 더 기다려주십시오."

"괜히 들켜서 책잡힐 일 만들지 말고 조심하게."

"물론입니다. 각하."

모리 실장은 총리 얼굴을 보면서 내심 한심하다고 생각했다. 오랫동안 웅크리고 있었던 한국이 드디어 깨어나려고 하는데 총리는 경제 위기를 겪고 있다는 이유로 한국을 무시하고 있었다.

"그리고 너무 심각할 필요 없어. 지들이 하긴 뭘 하겠어. 종전 협상이라고? 풉! 지나가는 개가 웃겠군."

"하지만 이러다 덜컥 종전 협상이라도 해버리면 정치적으로 궁지에 몰릴 수도 있습니다."

"하하하! 모리 실장, 자넨 한국 정치인들을 너무 높게 평가하는 거 아닌가?"

"그래도……."

"그래도는 무슨! 허구한 날 편 갈라서 싸워대는데 제대로 하는 것이 있기나 하겠냐 말이야. 그러니 그 강백호란 놈만 죽여 없애면 될 일 아니겠는가?"

"하지만 조금 더 알아봐야 하지 않겠습니까?"

"조사하는 건 좋아. 하지만 일단 화근이 될 것 같으니 그놈을 없애고 알아봐도 충분하지 않겠나?"

무라까와 총리는 일단 툭 튀어나온 못부터 뽑아내자는 거다. 그런 다음에 망치질을 누가 했는지 알아내서 처리해도 늦지 않다는 논리였다.

"그렇게 하겠습니다. 역시 현명하십니다. 각하."

* * *

아테나 체계가 나타났다는 정보를 알아낸 것은 일본뿐만 아니었다. 한 마디로 사실인지 아닌지를 알아보려고 난리가 난 것이다. 어느 정도 예상이 됐지만 한반도 일에 가장 민감한 중국과 러시아에도 정보가 흘러 들어갔다. 그들 역시 진위 여부를 알아내기 위해서 첩보기관을 총동원했다.

"강 대표님!"

"무슨 일 있습니까?"

콕스 국장이 갑자기 날 보자고 해서 그가 묵고 있는 호텔 라운지에서 만났다.

"이거 좀 난감한 일이 발생한 듯합니다."

"어떤 일이길래 그리 말씀하시는지?"

"일본을 포함해 주변국에서 아테나 체계를 알아챈 모양입니다."

"정보가 샜다는 거군요."

"이유야 어찌 되었든 정보가 샌 만큼 강 대표님이 위험하다는 판단입니다. 그런데 놀라시질 않는군요."

피식.

웃음이 났다.

콕스 국장이 어떻게 생각할지 모르겠지만 이건 자신감이다. 일본이 가진 능력과 기술로는 날 어쩔 수 없다는 뜻이다. 내가 가진 것을 오롯이 말해주지 못하는 것이 답답할 뿐이다.

"어느 정도는 예상했던 일이니까요."

"개인 경호팀으로 괜찮으시겠습니까?"

"제 회사 중에 민간 군사 기업이 있다는 거 아실 겁니다. 그중에서도 엘리트만 선별해서 팀을 꾸렸으니까 걱정하지 않으셔도 될 겁니다."

"그렇다면 다행이긴 한데 솔직히 걱정되는 건 어쩔 수 없어서 그렇습니다."

"이해합니다만 저도 모르는 경호팀을 배치하지는 마세요. 전에 말씀드린 것처럼 적으로 오인할 수 있다는 점 알아주셨으면 합니다."

"그건 알겠습니다. 그럼 추후 협의는 언제 할 수 있을까요?"

상당히 조심스럽게 물었다.

자기네들끼리 무슨 말을 했는지는 몰라도 이젠 예전처럼 함부로 대해야 할 한국이 아닌 것이다. 특히나 설계도만으론 아테나 체계를 탑재한 전함을 건조할 수 없기에 내 역할이 그만큼 중요해진 것이다.

"저희도 내부 정리가 좀 필요해서 아직 일정 잡기가 좀 그런 상황입니다. 하지만 그리 오래 걸리진 않을 거니까 조금만 더 기다려주세요. 근데 로키드에서 개발 중인 스텔스 전투기는 어떻게 되는 겁니까?"

"아직 뭐라고 말할 단계가 아니라서 개발사는 모르고 있습니다."

미국은 국가가 사업을 발주하면 민간 사업자가 전투기를 개발하는 방식이었다.

자칫하면 파산을 면하기 어려워질지도 모른다.

"개인적으론 조금 안타까워서요."

"뭐가 말입니까?"

"제가 개발하려는 6세대 전투기와 비교하자면 로키드

가 만든 F—22는 비싸기만 하고 전력화할 필요가 없을
것 같아서 하는 말입니다."

"아직은 상황을 두고 봐야 해서 어떻게 될지 모르겠습
니다만 개발 단계를 봐서는 소량이라도 만들어내기는
해야 할 겁니다."

민간 기업이 개발하고 생산을 하기는 해도 정부 차원에
서 추진한 사업이라 나름의 사정이 있다는 거였다. 하지
만 냉정할 때는 냉정해져야 한다.

송골매 수준의 절반만 만들어내도 현존하는 최고의 전
투기가 탄생하는 것이다. 하지만 내가 이래라저래라 할
수는 없는 입장이라 이 정도 힌트를 주는 것이 최선이었
다.

"사정이 그렇다면 어쩔 수 없는 일이죠."

미국은 한국에 전투기를 판매하고도 제대로 된 정비창
도 만들지 못하게 해서 우리 공군은 애를 많이 먹었다.
뭐 하나 수리를 하려고 전투기 속을 들여다볼라치면 계
약에 묶여서 나사 하나 풀어내지 못했으니까. 이 문제는
2025년 보라매가 생산되기 전까지도 일어났던 일이라
나도 알고 있었던 일이었다.

"그런데 말입니다."

"네. 말씀하세요."

"아직 정해진 건 없지만 혹시나 해서 말씀드리는 건데

6세대 전투기 개발에 로키드와 같은 민간 기업이 참여해도 되겠습니까?"

"글쎄요. 거기까지 생각해 보진 않아서 뭐라 말씀드리기가 그렇군요."

"필요하다면 별도의 사업단을 꾸리겠지만 인프라가 확실한 사업장이라 도움이 될 겁니다."

"생각해 보겠습니다. 정 곤란하면 제가 항공 회사를 창업하는 것도 방법이구요."

내가 항공 회사를 창업한다면 미국의 항공사들은 경영난에 시달리다 망하게 될 것이다.

아니면 인수해달라고 사정하든지.

"하지만……."

"제 국적이 미국인데 반대하시는 겁니까?"

"지금까지 상황을 보면 강 대표님은 미국 국적을 지녔지만, 한국에 이로운 일만 하시잖습니까?"

"전 양국 사이를 평등하게 하려는 것뿐입니다."

콕스 국장이 백악관을 대변하는 건 아니지만 지금의 대화는 한국과 미국이 입장 차이를 대변하는 것 같았다.

"국가 간에 평등은 없는 법입니다. 힘에 의해 좌우될 뿐이죠."

"하하! 하긴, 국장님 말씀이 맞는 것 같긴 합니다."

힘에 의해 좌우된다면 내가 힘 있는 쪽이 되면 그만이

다. 우리가 가진 미래 기술이면 미국을 갑에서 을로 바꿔 버릴 수 있으니까.

"아무래도 당분간 한국에 머물게 되겠군요."

* * *

"뭐 하는 놈인데 암살 지령이 내려온 거지?"

"나야 모르지. 저 양키 놈이 전략 무기 개발국 국장이 라니까 뭔가 있는 모양이지. 그리고 한국 놈이잖아. 죽 이라면 죽이면 그만인데 왜 그래?"

"그래도 궁금하잖아."

내각조사실에서 보낸 요원들이다. 이들에게 내려진 지 령은 한 사람을 죽이는 거였다. 사고사든 뭐든 상관없이 죽인 다음 그날로 일본으로 돌아가서 한동안 두문불출 하다가 다른 지역으로 파견 나가면 그만이라고 생각하 는 거다.

"시끄럽고 빨리 끝내고 돌아가자고. 난 서울이 싫어."

"흐흐흐, 그래도 여자들은 이쁘잖아."

"킥킥! 그건 그렇지."

"빨리 끝내고 강남에서 뜨거운 밤 어때?"

"그거 좋지. 흐흐흐."

"도쿄 애들은 왜 피부가 그리 거친지 모르겠어."

"원래 여자는 북쪽으로 갈수록 예쁘다잖아."

"그런 소리는 어디서 들은 거야?"

상대를 쉽게 봤는지 둘이서 못 하는 소리가 없다. 임무보다는 얼른 끝내고 술집에 가서 놀 생각에 입맛을 다시느라 바쁘다.

"한국 속담에 그런 말이 있어. 그냥 그런 줄 알아. 근데 오늘 술값은 네가 쏘는 거냐?"

"이거 왜 이래? 너 부업하는 거 다 아는데."

"무슨 소리야?"

"킥킥! 알 만한 사람은 다 아는데 모른 척한다고?"

"젠장. 쓸데없는 소리 그만하고 집중해. 이름값은 해야지."

이들이 하는 부업이란 대기업이나 정치인 쪽 브로커를 통해 해결사 노릇을 해주는 것을 말하는 거다.

"저기 나온다. 빨리 조준해."

"알았어."

"거리 350미터에 동풍 약간이야."

"알았어."

놀랍게도 이들은 호텔에서 350미터쯤 떨어진 곳에서 저격을 준비하고 있었다. 둘 중 한 명이 러시아제 드라구노프를 들고 있었다. 초기 검열이 심한 한국에 총을 반입하기 위해 외교 행낭을 이용하는 대담함을 보였다. 소음

기까지 특별 제작해서 그런지 유독 총신이 길어 보인다. 드라구노프를 호텔 방향으로 조준하고는 조준경에 타깃을 담아내기 위해 각도를 조절했다. 그런데 상대가 묘하게 조준선에서 벗어난다.

"뭐해? 얼른 쏘지 않고."

"조용히 해. 집중하고 있는 거 안 보여?"

"미적대니까 하는 소리잖아."

"저 새끼가 건들거려서 조준선에서 자꾸 벗어나는 걸 나보고 어쩌라고."

"병신 새끼야 그냥 갈겨."

원샷 원킬에 연연해하지 말고 무차별 사격을 해서라도 타깃을 제거하라며 욕지거리를 쏟아낸다.

"그러다 양키 새끼가 맞으면 네가 책임질 거야?"

그랬다간 서로 곤란해지기에 욕지거리를 내뱉던 요원도 입을 다물고 신중해졌다. 끝까지 비밀로 할 수 있다면 모르겠지만 전략무기 개발국 국장을 암살했다간 미국이 뭘 요구할지 모른다. 휘말렸다간 꿀 빠는 요원 생활도 끝이었다. 다른 건 몰라도 미국 쪽 중요 인물을 다치게 하는 일을 하고 싶지는 않았다. 설사 그게 실수라 해도 말이다.

"으아아악! 오늘같이 완벽한 기회가 또 올 줄 알아?"

타깃이 차를 타고 사라졌다.

그러자 망원경을 들고 있던 요원이 버럭 화를 낸다.

"칙쇼!"

"이제 어쩔 거야?"

"어쩌긴 다시 기회를 잡아야지."

"모리 실장이 직접 지시한 일이야. 모르겠어? 이거 총리 관저에서부터 내려온 명령이라고. 이 병신아!"

퍽!

"크윽!"

기어이 주먹이 날아갔다. 그것을 시작으로 드잡이질이 시작됐다. 누운 채로 뒹구느라 잠깐 싸웠는데도 꼴이 말이 아니게 변했다.

퉁! 퉁!

찌지지지직!!!

순간 손으로 작은북 두들기는 소리가 나더니 몸에 엄청난 전기가 흐르기 시작했다. 내 안전을 위해 호텔 주변을 감시하고 있던 물수리 드론 몇 대가 있었는데, 그중 한 대에 이놈들이 총을 들고 엎드려 있는 것이 들킨 것이다.

실내에서 창문을 열어두고 있었다면 쉽게 발견하기 어려웠을 것이다. 하지만 이놈들은 자신들이 은밀하게 움직였다고 자신했다. 그래서 그런지 시야가 나오는 5층짜리 상가 건물 옥상에 엎드려 있다가 발각이 된 것이다.

*　*　*

다음 날.

"장관님, 어떻게 됐습니까?"

"예상대로 일본 내각조사실 요원들이었네."

전이라면 내가 알아서 심문하고 죽이든 살리든 했을 것이다. 그러나 이젠 일본이 이런 짓도 한다는 증거가 필요했다. 그래서 방위 사업단 단장을 통해 안전기획부 도움을 받았다.

"정보 유출이 된 겁니까?"

"붙잡힌 놈들은 명령받고 실행에 옮기는 현장 요원들이라 위에서 뭘 얼마나 알고 있는지 모르고 있더군."

"그럼 한국에 들어와 있는 일본 스파이들을 전부 잡아들이는 건 어떻겠습니까?"

"그랬다간 일본에 나가 있는 우리 요원들도 무사하기 힘들어. 우리도 그렇지만 일본도 외교적인 문제가 발생할까 봐 알면서도 모른 척하는 부분이 있거든."

양원기 국방부 장관은 안전기획부 사정에 대해 잘 알고 있었다. 지금까지는 대공 임무가 주였다. 국방부와도 불가분의 관계여서 그런 것인지 따로 인맥이 있어서인지는 모르겠지만, 내가 하는 질문에는 모두 답변할 정도는

우리는
열도 침몰을 24
원한다

알고 있었다.

"그럼 일본에 나가 있는 요원들을 모두 불러들인 다음에 잡아들이는 건 어떻겠습니까?"

"…으음."

"의논해 보시고 알려주세요."

"알겠네. 그리고 그놈들이 잡혔다고 안심하기는 이르니 각별히 조심하게."

"네, 장관님."

"더 할 말 없으면 난 이만 가보겠네."

"하나만요."

"뭐든 말하게."

"일본 내각조사실 고위 간부들 사진을 구할 수 있겠습니까?"

일본에 가서 정보를 모으면 오래지 않아서 알아낼 수 있는 정보다. 그럼에도 양원기 장관에게 그것을 부탁하는 것은 내가 뭔가를 하겠다는 것을 알려주는 거였다. 양원기 장관은 잠시 나를 빤히 바라보더니 이내 대답했다.

"개인적으로 복수할 생각인가?"

"절 건드리면 어떻게 되는지 경고 정도는 해야 하지 않겠습니까?"

"자네가 위험해지는 건 반대하네만……."

"그럴 일 없을 겁니다."

"며칠만 기다려 보게. 알아보고 연락하겠네."
"알겠습니다."

　고민하는 눈치더니 며칠 만에 사진이 담긴 노란 봉투를 보내왔다. 다섯 명인데 모리 실장과 그 측근들에 대한 사진이었다. 그나마 노출된 인물 위주로 보내준 거였다. 수리가 사진 속 인물들을 인지한 다음 나는 까막수리를 타고 일본으로 날아갔다. 도쿄 외곽에 까막수리를 숨긴 다음, 클로킹이 가능한 물수리 드론을 풀어 사진 속 인물들을 찾아내기 시작했다.
　누군가를 찾아내는 일은 지루함을 이겨내야 한다.
"지루해. 얼른 위성을 올려놓든지 해야지 이렇게 돌아다니자니 불편해서 안 되겠어."
—이제 곧 공장이 완공되니 1년이면 될 겁니다.
"그나저나 얼마나 걸릴지 모르겠네."
　첨단 기술을 탑재한 드론들이 요소요소에 설치돼 있기는 했다. 하지만 맨땅에 헤딩하는 것이나 다름없는 일이라 시간이 얼마나 걸릴지 모를 일이다. 그래서 당장 급한 일은 없길래 도쿄에서 맛집으로 알려진 식당을 찾아다니면서 시간을 보냈다. 그렇게 3일이 지났고, 사진 속 인물 중 하나를 찾아냈다.
"누구지?"

―모리 다께시 실장입니다.

"호오, 운이 좋았군. 간첩 대장을 찾았으니 말이야. 그
옆에 같이 찍힌 사람은 누구지?"

―하시모토 관방 장관입니다. 어떻게 할까요?

"각 차량에 자폭 드론 설치해."

―원반 드론 설치하겠습니다.

민간인이 다치면 그건 테러다.

그래서 타깃만 제거하기 위한 적절한 타이밍이 필요했
다. 고위 공무원이라 운전기사가 딸려 있어서 무작정 터
트리기엔 곤란했다. 원반 드론이 조용히 날아서 모리 실
장 차량 하부에 철석 달라붙었다.

―폭발 범위를 고려했을 때 지금이 적기입니다.

"터트려."

―카운트다운 합니다. 3, 2, 1… 폭발.

운전기사가 잠깐 내린 틈을 타서 자폭 드론을 폭발시켰
다. 영상에 차량이 폭발하고 화염이 치솟는 것이 고스란
히 보였다.

"서울로 돌아가자."

―네. 백호님.

*   *   *

무라까와 총리는 모리 실장이 의문의 폭발사고로 사망했다는 보고를 받고는 모골이 송연해짐을 느꼈다.

"모리 실장이 죽었단 말인가?"

"네. 각하! 현장에서 즉사했습니다."

"범인은?"

"오리무중입니다."

"아니 어떻게 도쿄에서 이런 일이 벌어진단 말인가?"

　자신과 관련된 인물 중에 가장 은밀하게 움직이는 사람이 모리 실장이다. 그런 사람이 의문사를 당했으니 무라까와 총리가 놀랄 만도 했다.

"조사를 지시했으니 기다려 보시죠."

"누구에게 조사를 맡겼나?"

"일단 내각조사실에 맡겼습니다."

"정신이 있겠나?"

"당분간 부실장 대행 체제로 운용할 예정입니다."

"급한 시국이니 부실장을 실장으로 승진시키고 모리 실장은 조용히 장례를 치르도록 하게."

"네. 각하."

　무라까와 총리는 내심 의심 가는 부분이 있었지만, 관방 장관에게 털어놓지는 않았다.

'내가 당할 수도 있었어.'

　간담이 서늘해지면서 목에 담이 오는 느낌이 들었다.

"나가보게."

"괜찮으십니까?"

"뭐가?"

"안색이 좋지 않으십니다."

"괜찮으니까 나가 보게."

"네. 각하."

관방 장관은 대충 눈치를 챘는지 모리 실장의 죽음에 대해 묻지 않았다.

분명 뭔가 아는 듯 보였다. 그럼에도 자신에게조차 말하지 않는 걸 보면 민감한 문제라 생각했다. 그런 일에는 휘말리고 싶지 않았다. 그러나 그의 위치가 관방 장관인 것을 고려하면 시간문제일 뿐, 회피는 불가능한 일이다.

"장관님, 각하께서 뭐라고 하십니까?"

"축하할 일인지 모르겠지만 자네를 실장으로 올리라고 하더군."

"정말이십니까?"

"그래. 그러니까 모리 실장 죽음에 대해서 밝혀내는 것이 중요할 거야."

"사실은……."

"우리끼린데 뭘 주저하고 그러나. 말해 보게."

"사실 모리 실장과 각하께서 한국인 한 명 때문에 그림자 요원을 한국으로 보냈었습니다."

"…으음, 그래서 어떻게 됐나?"

"죄송합니다. 모리 실장이 특별 관리하던 그림자 요원이라 당장 연락할 방법이 없습니다."

모리 실장은 부실장과 각을 세우던 인물이라 정보를 공유하지 않았다. 그래서 모리 실장이 가진 자료를 살펴보지 않는 한 그림자 요원과 연락할 방법이 없었다.

"전혀 모른단 말인가?"

"모리 실장이 남긴 것을 모두 살펴보면 힌트가 나올지도 모르겠습니다."

"어떻게 됐는지 알아야겠으니 당장 시작하게."

"알겠습니다."

그리고 이틀이 지났고 이가와 실장은 모리 실장이 남긴 자료를 찾아냈다.

그것도 사무실에 숨겨둔 금고에서 말이다.

"찾았습니다. 장관님!"

"연락은 해봤나?"

"세 시간째 연락하고 있는데 반응이 없습니다."

"반응이 없다니 그게 무슨 말인가?"

"한국에서 돌아오지 않은 건 확실하고 서울에서 핸드폰 신호가 꺼졌고, 이후로 연락이 안 되고 있습니다."

"그럼 당했단 말인가?"

"배제할 수 없습니다."

실장실을 차지한 이가와는 모리 실장이 남긴 자료를 직접 검토했다.

　아직 총리에게조차 따로 보고 하지 않았다.

　"도대체 왜 이런 일이 일어난 긴가?"

　"그게 말입니다. 제가 파악한 바로는 강백호라는 인물을 암살하기 위한 거였습니다."

　"강백호?"

　"네."

　"그게 누군데?"

　"그러니까……."

　이가와 실장의 보고에 하시모토 관방 장관이 놀란 표정을 지었다.

　"뭐라고?"

　하시모토 관방 장관은 아테나로 불리는 전투 체계가 있다는 걸 처음 들었다.

　측근에서 총리를 보좌하는데도 자신에게 말하지 않았다는 건 이해가 가지 않을뿐더러 치욕적이기까지 했다.

　"정황상 그 강백호란 인물이 아테나 체계를 개발한 것으로 보입니다."

　"정말 이지스를 능가한단 말인가?"

　"자료엔 그리 나와 있는데 자세한 설명은 없습니다."

　"맙소사! 우리도 이지스 함을 보유한지 몇 년 되지도 않

있는데 한국에서 그걸 능가하는 전투 체계를 개발했다고?"

도저히 믿을 수 없다는 반응이다.

"저도 믿기 힘들긴 한데 모리 실장이 괜히 그런 자료를 남겨 두지는 않았을 겁니다."

"한국이 이지스 함을 미국에 구걸하는 상황인데 뭔가 오인하지 않았을까?"

하시모토 장관은 믿기 힘들다는 이유로 말도 안 되는 억측을 내놓았다.

하지만 이가와 실장이 바로 부인했다.

"분명 아테나 체계라고 기록돼 있었습니다."

"…그렇다면 신빙성이 있다는 얘기군."

"그러니 은밀하게 암살 시도를 하지 않았겠습니까?"

"가만, 그렇다면 모리 실장의 의문사가 혹시 한국에 의해서 저질러진 거란 말인가?"

"제가 알아보니 강백호란 사람은 미국과 한국에서 사업을 하는 사람이고, 파이티티를 발굴한 장본이었습니다. 서울에서 활약하는 요원에 의해 확인했는데 살아 있다고 하더군요."

"음……."

"아마도 자신을 노리지 말라는 경고의 의미로 모리 실장을 제거한 것이 아닌가 하고 추측됩니다."

드러난 정황과 개인적인 추론이 더해진 발언이다.

지극히 개인적인 대화라 자기 속내를 말하는 것이지 공식적인 자리였으면 이런 말은 하지 않았을 것이다.

"미칠 노릇이군. 뭐가 긴박한 것 같기는 한데 각하께서는 왜 저러실까?"

"뭐가 말입니까?"

"각료들을 모아서 대책 회의를 해도 시원찮을 판에 왜 모리 실장과 밀실에서 결정을 내렸냐 이 말이야."

"지금도 그렇지만 정보의 신빙성 때문이기도 하고 미국이 걸려 있으니 신중하려고 그러셨을 겁니다."

"그래도 그렇지. 지금 돌아가는 꼴을 보란 말일세. 아주 엉망이 아닌가."

"어쩌겠습니까, 각하 판단을 존중하는 수밖에요."

"일단 알았으니 더 자세한 정보를 취합해 보게."

"알겠습니다."

이가와 실장은 자기 사무실로 복귀해서 내각조사실 개편안을 주물렀다.

그러는 와중에 긴급한 보고를 받았다.

"실장님! 마쓰다입니다."

"들어와."

딸깍.

눈이 쫙 찢어지고 다부져 보이는 요원 하나가 실장실로

들어왔다.

"무슨 일인가?"

"급히 보고드릴 일이 있습니다."

"뭔지 말해봐."

"본토에서 활약 중인 한국 측 요원들이 모두 한국으로 들어가는 중이란 보고가 속속 답지하고 있습니다."

"그건 또 무슨 소리야? 그놈들이 왜?"

"거기까진 아직 입니다만 몇 놈 체포할까요?"

"아니야. 일단 상황 주시하고 변동 사항 있을 때마다 비서실로 약식 보고해."

"알겠습니다."

반면 중국에서는 말도 안 되는 정보라면서 허위 정보 취급했다.

러시아는 진위 여부를 확인하기 위해서 미국 쪽에 심어 둔 스파이를 움직이게 했다.

다시 혼자 남은 이가와 실장은 한참을 고민하다가 한국 으로 날아가 요시다 주한 일본 대사를 만났다.

"갑자기 연락드려서 죄송합니다."

"죄송은 무슨… 나랏일 하는 사람끼리 그럴 수도 있는 거죠. 그런데 무슨 일입니까?"

"그게 그러니까……."

이가와 실장은 모리 실장의 죽음에 대한 진실을 털어

놓았다.

"헉…! 교통사고가 아니라 암살이었단 말입니까?"

사회적 파장을 고려해서 의문사가 아니라 교통사고로 위장해서 기사를 내보냈다.

요시다 대사도 그리 알고 있었다.

그런데 실상은 한국과 일본 사이에 눈에 보이지 않는 첩보전이 일어나고 있었던 것이다.

"그렇습니다. 해서 제가 실장 자리를 맡게 됐습니다."

"그렇다면 각하의 밀명을 받고 온 것입니까?"

"밀명까지는 아니고 뭐가 어떻게 돌아가는지 알고 싶어서입니다. 모리 실장이 인수인계도 없이 비명횡사해서 내각조사실도 정신이 없어서 말입니다."

"일이 급한데 꽤나 복잡한 상황이 벌어졌군요."

"급하다니 뭐가 말입니까?"

"돌아가는 판세가 이상해서 그렇지 않아도 각하께 직접 보고하려고 귀국하려던 참이었습니다."

"도와주시면 나중에라도 은혜 갚겠습니다."

뭐라도 좋으니 정보를 달라는 거다.

돌아가는 상황을 제대로 알아야 모리 실장처럼 개죽음 당하지 않을 거라 믿었다.

"한국이 아테나 체계를 빌미로 미국에 엄청난 것을 요구했다더군요."

"뭘 요구했다는 겁니까?"

"이가와 실장이라면 어차피 알아야 할 직책을 가진 사람이나 말씀드리죠. 그러니까 한국이 6.25 전쟁 종전 협상, 소파 협정 개정, 국채 매입, 전작권 환수, 미사일 사거리 철폐를 요구했습니다."

"그…그걸 다 말입니까?"

"그렇습니다. 문제는 이게 진행되고 있다는 겁니다."

"미친……."

이가와 실장은 자기도 모르게 욕을 뱉어냈다.

방위 사업단

대구 제 11비행단.

"젠장! 김 중사님! 이거 난리 났는데 말입니다."

"왜 그래?"

"F—5E 11번기 레이더 고장입니다."

"그거 작년에 고치러 미국 갔다 온 거 아냐?"

"맞습니다. 고칠 때 제대로 고칠 것이지 또 말썽입니다."

F—5E가 주력 전투기였다.

그러나 미국에서 들여온 전투기라 계약 조항에 묶여서 마음대로 정비하기도 힘들었다. 그나마 다른 부품이라면 3개월 정도면 고칠 수 있었다. 하지만 레이더는 미국

본사에 보내서 수리해 와야 했고, 빨라도 9개월이 걸렸다. 그러니 레이더를 고치기 전에는 전투기 한 대가 거의 1년을 격납고에서 썩어야 하는 거다. 그동안엔 이런 불합리한 계약을 버티는 수밖에 다른 방법이 없었다.

F—5E 11번기 정비 담당인 박민기 하사는 작년에 이어 또다시 고장을 일으킨 레이더 때문에 속이 썩어 문드러지는 것 같았다.

"어쩌겠어. 빨리 연락하고 미국에 보내야지."

"알겠습니다."

박민기는 시차 때문에 밤늦게나 돼서야 담당자랑 통화를 할 수 있었다. 그런데 레이더를 보내도 바쁜 일 때문에 1년은 걸릴 거라는 거다. 왜 그러냐니까 비상이 걸렸다면서 이유는 말해주지 않고 보내놓고 기다리는 말뿐이었다.

"언제까지 기다리라는 겁니까?"

—나야 시키는 대로 하는 사람인데 나한테 꼬치꼬치 물으면 어쩌란 겁니까?

"살츠만 씨가 담당인데 그럼 누구한테 물으란 겁니까?"

—귀찮게 하지 말고 레이더 보내고 기다려요.

"그럼 바쁘다니 우리가 수리하면 안 됩니까?"

—수리할 줄이나 알고 하는 소리예요? 그리고 그거 함부로 분해했다간 거액의 소송이 기다리고 있다는 거 명

심해야 할 겁니다.

계약 때문에 열어보지 못하는 걸 알지만 답답해서 해본 소리였다. 그런데 니들이 수리할 수나 있겠냐는 비아냥으로 되돌아왔다.

"그럼 정말 1년을 기다리라는 겁니까?"

—자꾸 똑같은 소리 하게 만들 겁니까?

"살츠만 씨! 너무 하는 거 아닙니까?"

—아니꼬우면 직접 만들지 그래요. 지금부터 부지런 떨면 한 20년이면 만들겠네.

F—5E를 수출해 놓고도 고장 때문에 전화하면 늘 이런 식이었다. 한국 공군은 지네 회사 전투기를 구입해 주는 고객인데도 이 모양이다.

으득.

"…후회할 날이 있을 겁니다."

—모르겠고, 보내든지 말든지 마음대로 해요.

귀찮아 죽겠는지 마음대로 하라면서 전화를 끊어 버렸다.

이런 일은 11비행단뿐만 아니라 대한민국 공군이라면 도처에서 일어나는 일이다.

답답해도 참는 거 말고는 답이 없는 일이기도 했다.

"뭐래?"

전화하고 부사관 숙소로 돌아온 박민기 하사에게 김평

호 중사가 확인 차 질문했다.

"지금 바쁘다면서 이번에 보내면 1년은 기다려야 할 거랍니다."

"뭐? 1년?"

"네."

"썩을 놈들."

"근데 그 자식 하는 말이 답답하면 직접 만들어서 쓰라지 뭡니까."

"그 새끼가 그래?"

"뿐만 아니라 비웃기까지 했습니다."

"싸가지 없는 새끼들."

"우리나라는 언제 전투기 만들 수 있을까요?"

"낸들 알겠냐. 술이나 푸자."

이런 일이 생기면 답답해서 술 말고는 해소할 방법이 없었다. 원래는 예비로 가지고 있던 여유분으로 대체를 하면 됐다. 하지만 이것마저 고장 나버리면 다른 비행단에 가서 사정하든지 최악의 경우 고장 난 레이더가 수리돼서 돌아올 때까지 전투기를 세워둬야 한다.

얼마 후.

"김 중사!"

"네. 원사님."

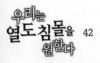

"그 얘기 들었어?"

"어떤 거 말입니까?"

"국방부에서 별도로 방위 사업단 출범했다는 거 말이야."

"그건 들었습니다. 뭐 쌈박한 계획이라도 발표했습니까?"

"다들 쉬쉬하는데 우리도 차세대 전투기 만든단다. 죽이지?"

11비행단 정비반 중에서는 최고참인 이진수 원사가 어디서 들었는지 방위 사업단에서 국산 전투기를 만든다는 소식을 물어왔다.

"갑자기요?"

"뭐가 갑자기야."

"우리나라에 그런 기술이 어디 있다고 갑자기 전투기를 만드냐 이 말입니다."

"나도 그런 줄 알았지. 그런데 기술이 있단다."

"정말입니까?"

"그래. 그래서 말인데 방위 사업단 예하 KFX 사업단에 실무진을 모집하는데 김 중사, 지원해 볼 생각 있어?"

역시나 그냥 알게 된 것이 아니라 사업단에 필요한 인력을 모집하기 위해 알아야 할 사람들에게만 알린 거였다.

"그런 일이라면 당연히 해야지 말입니다."

"좋았어. 그럼 김 중사가 밑으로 한 명만 더 추천해."

"원사님도 가시는 겁니까?"

"우리 비행단에선 나까지 셋이 배정 됐어."

"그럼 김민기 하사랑 저랑 같이 가시죠."

"그래. 김 하사라면 괜찮겠네. 알았어. 그럼 그렇게 추천할게. 아! 이거 극비라는 거 잊지 말고."

"알겠습니다."

 말이 극비지 이만하면 이미 알 만한 사람은 모두 아는 거다. 그리고 나라 예산을 써야 하는 사업이라 언젠간 발표를 해야 하는 일이긴 했다. 미국과 거시적인 협상은 마무리했다.

 세부적인 사항을 정하는 마당이라 일부 노출이 된 것이었다. 한국 정부는 KFX 사업까지 포함하면서 미국 측에 뭘 더 요구할지 머리를 싸매고 있었다.

 물론 즐거워하면서 말이다.

 방위 사업단 예하 KFX 사업단은 원 역사와는 달리 KAI가 아니라 원주에 위치한 8 비행단에 본부가 마련되었다.

 반면 아테나 체계를 탑재한 구축함 개발은 거제도 WT 조선소에 본부를 차림으로써 최소한의 실익을 챙겼다.

 그로부터 한 달 뒤.

 한국은 차세대 구축함과 차세대 전투기를 직접 개발하

겠다고 발표했지만, 모두가 비웃었다.

"하하하! 이걸 믿으라고?"

노스럽의 앙리 박사는 한국에서 발표한 차세대 전투기 개발 계획을 듣고는 어이없어했다.

"큭큭, 그러게 말입니다. 그것도 3년 안에 시제품을 내놓겠답니다."

"미쳤군. 이런 짓은 우리뿐만 아니라 로키드도 못해."

"다들 믿지 않는 눈칩니다. 그런데 이상한 소문이 돌던데요?"

"무슨 소문?"

"펜타곤에서 전투기 관련 인력이 대거 한국으로 파견 간다는 겁니다."

"에이~ 헛소문이겠지."

"저도 그렇게 생각은 하는데 이상한 전화 한 통을 받았습니다."

"무슨 전화길래 그래?"

"제 친구 중에 한 명이 펜타곤에 있는데, 다른 나라라면 몰라도 한국에서 F—5E 관련 수리 의뢰가 들어오면 최대한 빨리 성의껏 응해주라는 겁니다."

비밀이라곤 하지만 이렇게 돌려 말해서 정보를 주는 통에 증명하려는 사람이 결국엔 비밀을 알아내는 거다.

"그건 좀 이상하긴 하군."

"혹시 로키드가 한국과 공동으로 뭘 하려는 건 아닐까요?"

"그랬다면 벌써 내가 알았겠지. …으음, 안 되겠어. 좀 더 알아봐야지. 자네도 뭐 알아내는 거 있으면 언제든 연락해."

"알겠습니다."

* * *

드디어 김포 공장이 완공되었다. 그렇다고 당장 아트래핀 반도체를 만들어낼 수 있는 건 아니었다. 하지만 공장이 완공된 만큼 소재 공장들이 제대로 돌아가기 시작하면 아트래핀 반도체를 만들어내는 것도 시간문제다.

길어야 6개월이다.

6개월이면 시범 가동이 끝나고 모든 공정이 자리를 잡을 것이다. 그렇게 되면 아트래핀 반도체 제조를 위한 부품과 소재들이 생산되기 시작할 것이었다. 그러면 양자 컴퓨터를 기반으로 하는 인공지능 개발이 가능했다. 그를 토대로 우리에게 필요한 것들을 만들어낼 수 있을 것이다.

"강 대표!"

오성그룹 고병섭 회장이 김포 공장이 반도체 공장이란 것을 알고는 급하게 날 만나자고 했다.

이렇게 거대한 공장이 들어서는데 고병섭 회장 같은 사람이 왜 몰랐을까?

대답은 간단했다.

반도체 소재 공장쯤으로 생각했을 뿐 설마하니 직접 반도체를 생산할 줄은 몰랐기 때문이다. 공장이 거대하다고 하지만 모든 소재와 부품까지 아우르기엔 턱도 없기 때문이다. 반도체를 만들어서 돈을 벌기 위해서 규모의 경제가 뒷받침되어야 했다.

"네. 말씀하십시오."

"김포 공장 말이네."

"네."

"정말 거기서 반도체를 생산하게 되는 건가?"

"그렇긴 합니다만 판매할 목적으로 생산하는 것이 아니니까 그렇게 걱정하실 필요까지는 없을 겁니다."

"응? 판매할 것도 아닌데 그렇게 큰 공장을 지었단 말인가?"

"일종의 연구 시설이라고 보시면 됩니다. 차세대 반도체를 만들기 위한 시설이니까요."

걱정해서 달려왔던 고병섭 회장은 순간 생각이 싹 바뀌었다.

'그렇다면 우리 오성이 기술 이전을 받을 수 있게 해야겠군.'

이젠 걱정이 아니라 도대체 어떤 반도체길래 그 많은 돈을 들여서 연구 시설을 만든단 말인가?

그런 생각을 하면서도 그게 뭐가 되었든 양산은 오성전자에서 할 수 있게 만들겠다는 생각을 하고 있었다.

"차세대 반도체?"

"네. 저희가 오성전자를 방해하는 일은 없을 겁니다. 극히 일부분에만 사용할 목적이니까요."

"자네가 하면 뭐든 상식을 깨부수니까 걱정 되서 하는 말인데 양산하지 않는다는 그 말 진심인가?"

"물론입니다. 제가 양산을 목표로 했다면 김포 공장 규모의 10배는 됐을 겁니다."

"그럼 자네가 말하는 그 반도체는 도대체 뭐란 말인가?"

"군수 무기를 만들기 위해 필요한 거니까 신경 쓰지 마세요."

내가 말한 대로다.

지금 아트래핀 반도체를 판매한다고 해봤자 당장 기술 적용할 인프라가 성장하지도 않은 상태라 경제성이 제로였다.

"무기라고 했나?"

"네. 전쟁이 끝나려면 육군이 깃발을 꽂아야 한다는 말도 있지만 더 이상 총칼로 하는 전쟁이 아니잖습니까?"

"그렇게 말하니 더 궁금하군. 도대체 어떤 반도체길래

군수용으로만 사용한다는 말인가? 내 상식으로는 그럴수록 우리 오성전자에서 만들어내는 반도체가 업그레이드돼야 한다고 생각하는데 말이야."

"답답해하셔도 지금은 말씀드릴 수 없습니다."

끄응.

"…통하질 않으니 더 이상은 안 되겠군."

고병섭 회장은 안 되겠는지 불쌍한 표정까지 지어 보였지만 그게 통할 거라고 생각하지는 않는 듯했다.

"오신 김에 하나 여쭤봐도 되겠습니까?"

"뭔데 분위기를 잡고 그러나."

"혹시 대북 사업에 관심이 있으십니까?"

"대북 사업이라… 갑자기 대북 사업은 왜?"

"언젠간 통일을 해야 하지 않겠습니까?"

"그렇긴 한데 지금 북한이 어떤지는 자네도 알 거 아닌가?"

"오히려 지금이 적절한 시기라 생각합니다."

"이유가 뭔가?"

"체제 안정을 위한 숙청도 끝난 거 같고 지금쯤 내부 결속을 다지기 위해서 추진할 사업을 찾고 있을 겁니다. 마침 미국도 종전 선언을 위해 뭐라도 해야 하는 입장이니 대북 사업을 추진해보자는 거죠."

내가 하려는 건 개성공단 사업을 앞당겨 보려는 거였다.

원 역사에서는 2000년 남북 공동 선언 이후 공포되었던 교류 협력 사업이다. 그것도 대연 그룹이 주도적으로 했었던 일이고 말이다.

하지만 나는 오성그룹을 끌어들였다. 당시 개성공단이 성공했던 것처럼 보였다가 지지부진 해진 이유는 간단했다. 대기업은 단 하나도 진출하지 않고 모두 인건비 절약이나 하려는 중소기업 위주가 되었기 때문이다.

'할 거면 제대로 해야지.'

이왕 하는 거 확실한 경제특구를 만들어야 남북 경제 협력 사업이 되는 거다.

한편 대북 사업에는 전혀 관심이 없었던 고병섭 회장은 생각이 많아졌다.

"어떤 형태로 말인가?"

"협의가 있어야 시작될 수 있는 문제긴 합니다만 개성이나 남포시와 같은 지역을 선정해서 경제특구를 조성하는 겁니다."

"자네 말은 우리 오성그룹 계열사를 진출시키란 말이군."

"생색이나 내는 사업은 하나 마나 아니겠습니까?"

"하지만 위험하지 않겠나?"

"하이 리스크 하이 리턴 아니겠습니까? 그리고 오성뿐만 아니라 대연 자동차도 진출하게 만들 겁니다."

50

"자동차 생산 라인을 경제특구 안에 건설하겠다는 소리는 아니겠지?"

설마 싶은 거다.

자칫 공장을 홀라당 빼앗길 수도 있는 일이다.

그렇게 되면 돈도 날리고 기술도 강탈당하는 거다.

"왜 아니겠어요. 그 정도는 해야 경제특구로서 제 역할을 해내지 않겠습니까?"

"소름 돋는군. 까딱하면 수조 원을 날릴 수도 있는데 대연이 그걸 하겠나?"

"제가 그렇게 되지 않도록 만들 겁니다. 그러니 절 믿고 투자해보시겠습니까?"

한국에서 재계 1, 2위를 다투는 고병섭 회장을 이렇게 빤히 쳐다보면서 대북 사업을 해보자고 요구하는 사람이 있을까?

그걸 생각하니 살짝 미안하기는 했다.

그러나 원 역사보다 통일을 앞당기려면 내 계획을 관철시켜야 한다.

"크흠! 이렇게 말하긴 그렇지만 내가 그리해야만 하는 이유를 만들어주게."

이럴 때 보면 고병섭 회장은 호랑이는 아닌 것 같고 영악한 여우과에 가까웠다.

결국 자신을 움직이게 만들려면 스마트폰 말고 다른 걸

더 내놓으라는 거다.

"소형 카메라 기술을 드리죠."

꿀꺽!

자기도 모르게 침을 삼킨다.

"스마트폰에 들어가는 카메라 말인가?"

"네. 그렇습니다."

"그거야 이미 개발 중인데…….”

"그걸 모르고 하는 소리가 아닙니다. 하지만 지금 기술 수준으로 개발해봤자 화질이 엉망이겠죠. 그래서 사람들은 디지털 카메라를 사느라 붐을 일으킬 겁니다."

"…으음. 뭐가 더 있다는 걸로 들리네만."

"물론입니다. 오성에서 디지털 카메라도 생산하고 있는 걸로 아는데 그쪽 사업은 철수하시는 것이 나을 겁니다. 제가 드릴 기술이면 스마트폰만으로도 디지털 카메라를 대체할 수 있으니까요."

이건 오성그룹의 선택을 앞당기는 것뿐이다. 적당히 생색도 낼 수 있으니 고병섭 회장에게 던지는 미끼로는 최고였다.

"그 정도로 화질 개선이 된다는 말인가?"

"물론입니다."

스마트폰에 들어갈 카메라에 대해선 앞으로도 연구 자금이 많이 들어가고 시간을 두고 해결해야 한다는 보고

를 받았다. 그런데 모든 걸 앞질러 갈 수 있는 지름길이
존재한다는 거다.

'인생 2회 차도 아니고 도대체 뭐지?'

가슴 속에서 폭탄 몇 개가 폭발하다 보니 별의별 생각
이 다 들었다.

"자넨 앞뒤 없이 무조건 직진이군."

"네?"

"거절이란 걸 못 하게 한다는 말이네."

"그럼 대북 사업에 한발 거치시겠다는 거죠?"

"자네가 그렇게까지 말하는데 당연히 해야지. 대신 확
실히 해주게."

"기술 말입니까?"

"물론입니다."

"그럼 하나 더 묻겠네. 경제특구에 대연은 자동차 생산
라인을 건설하겠다고 했는데 우리 오성은 어떤 분야를
진출시켰으면 좋겠나?"

사실 이게 나도 고민이다.

대연은 자동차 생산라인을 깔면 최하 수천 명은 고용할
수 있다. 반면 북한 주민을 생각하면 대규모 식품 공장도
필요했다. 사실 조선소를 추천하고 싶은데 이건 내가 욕
심나서 쉽게 말 꺼내기가 힘들었다.

"인력이 집중되는 공장이었으면 좋겠습니다."

"하긴, 북한 입장에서는 가능하면 많은 사람이 일하게 만드는 것이 좋겠지. 그렇다면 지금 생각나는 건 조선소가 딱이지 싶은데 자넨 어떻게 생각하나."

"그게… 조선소는 WT그룹에서 진출할 생각입니다."

"하하하! 자네도 실속은 챙기겠다는 말이군. 좋아. 그렇다면 조금 더 생각해봐야겠군."

"그래서 제가 생각을 좀 해봤는데 제철소는 어떻습니까?"

"제철소?"

"네."

"허허허! 뭘 잘못 알고 있는 거 아닌가? 우린 제철 사업이 없네만."

"단독으로 진출하란 말은 아니었습니다."

"오! 이제 보니 이 친구가 아주 고단수로구만. 말 한마디로 자연스럽게 피스코까지 끌어들이는군."

오성엔 제철 기술이 없다.

하지만 국내엔 확실한 제철소가 있으니 컨소시엄을 구성하면 어렵지 않게 해결이 가능하다.

물론 거기까지 가는 길이 험난하기는 하겠지만 말이다.

'고 회장님, 파이팅 하십시오.'

고병섭 회장이라면 얼마든지 해내리라 믿었다. 나랑 대화할 때는 약한 모습 보이지만 대한민국에서 그의 말을 무시하는 사람은 없으니까. 대충 내가 말한 대로만 되어도 경제특구는 성공할 수밖에 없을 것이다. 그렇게 되면 북한도 어느 정도는 산업화할 수 있는 노릇이고, 남북이 가까워지는 것에도 도움이 될 것이다.

하지만 갈 길이 멀다.

그래도 이 길만이 북한으로 하여금 핵 개발을 포기하게 만드는 유일한 길이 아닐까 생각해서 추진하려는 거다.

*　　*　　*

고병섭 회장은 꽤 바쁘게 움직였다.

하루가 멀다 하고 포항을 왕래하더니 청와대 방문 횟수도 부쩍 늘었다.

"고병섭 회장이 꽤 바쁘게 움직이는 모양입니다."

"그러게. 생각보다 더 열심이라 다행이야."

"그런데 이렇게 되면 미국에 기술이 그대로 오픈되는데 괜찮을까요?"

청룡이 걱정하는 것도 당연한 거다.

미국과 같이 전함과 무인 전투기를 개발하다 보면 나중엔 미국이 배신 때릴 수도 있기 때문이다.

"뭐가 걱정이야. 송골매 드론 절반도 안 되는 기술이잖아."

"그래도 깡패 국가잖습니까?"

"괜찮아. 여차하면 힘으로 찍어 누르면 그만이니까. 무엇보다 일본을 갈아엎으려면 미국을 우리 편으로 만들 필요가 있다는 거 알잖아."

"그래도 저희가 당했던 것이 있다 보니 믿음이 가질 않습니다."

"시대가 다르잖아. 그리고 우리가 깡패 국가가 되면 그만이야. 참, 결혼 날짜는?"

"이제 잡아야죠. 근데 형님이 먼저 해야 하는 거 아닙니까?"

"순서가 무슨 상관이야. 누구라도 준비된 사람이 먼저 하는 거지. 그리고 오 여사님 연세가 있으시니 네가 먼저 해서 빨리 손주라도 안겨 드려야지."

솔직히 수진을 좋아는 한다.

하지만 마나우스 일을 겪고 나서는 결혼에 대한 확신이 흔들리기 시작했다. 그전까지는 청룡이가 결혼하고 나면 1년쯤 있다가 결혼할 생각이었다. 그런데 이젠 굳건했던 마음이 흔들리고 있었다. 그렇다고 싫은 건 아닌데 결혼해도 될까? 하는 생각이 들어서 고민 중인 것이다.

"수진 씨랑 무슨 일 있는 건 아니죠?"

"일은 무슨."

"요즘 피하시는 거 같던데."

"세희 씨가 그래?"

같은 건물에서 일하다 보면 자주 만나서 이런저런 대화를 나누는 건 당연지사다.

"말을 해서 아는 것이 아니라 분위기가 그런 모양이에요. 수진 씨가 마나우스 일 때문에 걱정이 많다고 해서요."

사람 마음이 비슷한 모양이다.

위험에 처한 수진을 구하긴 했으나 그 과정에서 꽤 많은 일들이 일어났으니 걱정하지 않는다면 그게 더 이상한 거다.

"솔직히 말하자면 난 생각이 깊은 여자가 좋은데 수진 씨는 앞뒤 없이 저지르는 경향이 있어서 걱정이다."

"…으음, 그런 생각을 하는진 몰랐습니다."

"그러게. 아직은 잘 모르겠다. 그래서 생각을 해보는 중이고. 솔직히 말했으니까 너도 나 신경 쓰지 말고 결혼 준비나 해. 현무에게는 비밀로 하고."

"네. 형님."

"윌슨 이사님에게 좀 다녀와야겠다."

"아까 그 일입니까?"

"그래. 말 나온 김에 바로 기반 시설부터 조성해야겠다."

당장은 수진 씨보다 일에 몰두할 생각이다.

그리고 수진이 아니면 안 되는 이유를 찾고 싶었다.

＊　＊　＊

내가 아틀란 시티에 다녀오는 동안 여러 나라 스파이들이 동북아로 몰려들었다.

일본과 중국에서 보낸 스파이들이 단연 많았다.

모사드(이스라엘), MI6(영국 비밀정보국), DGSE(프랑스 대외안보총국), FSB(러시아 연방 보안국) 등.

수많은 스파이들이 한국 방위 사업단의 정체를 알기 위해 여러 루트로 잠입을 시도했다.

이 때문에 대공 업무에만 전념했던 안전기획부는 어쩔 수 없이 국제무대에 등장하게 됐는데, 지금까지와는 다른 분위기에 정신을 차리기 힘들었다.

"부장님! 이번엔 영국 애들입니다."

"미치겠군. 벌써 몇 번째야?"

"그래도 다행이죠. 대림동 친구들이 도와주니 말입니다."

"2차장으로서 지금 그게 할 소리야?"

"저도 그러고 싶진 않은데 솔직히 저희는 경험도 부족하고 장비도 부족하잖습니까?"

"젠장! 그걸 아니까 화가 나잖아. 용병에게 정보나 구걸하는 이게 무슨 정보국이냐고."

안전기획부 고진엽 부장은 답답했다.

대북 공작이나 간첩을 잡아내는 일이라면 자신 있었다. 하지만 여러 나라 첩보 조직을 상대하려니 경험도 없고, 청와대 의중을 확인하느라 머리만 지끈거렸다.

"그래도 조금씩 나아지고 있잖습니까? 그리고 내년 예산도 대폭 늘려주겠다고 했으니 기대해 보시죠."

"2차장."

"네. 부장님."

"쉽게 생각하자고."

"뭘 말입니까?"

"지금 우리나라에 들어와 있는 놈들 전부 빨갱이로 취급하는 거야. 그럼 간단해지지 않겠어?"

"그래도 외교적인 문제가 발생할 수 있으니 자제하라는 공문이 내려왔잖습니까?"

"그러니까 잘 지켜보다가 선을 넘는 순간 체포해. 그건 합법이잖아. 안 그래?"

"그건 그렇죠."

고진엽은 안전기획부 부장으로서 자존심을 살리면서도 실속을 차리고 싶었다.

청와대에서는 감시하되 외교 문제가 일어나지 않게 조심하라는 훈령을 받았다.

하지만 내심 자존심이 허락하지를 않았던 것이다.

여긴 우리 안방이 아닌가 하는 마음 때문이다.

"1차장이랑 협조 잘해서 감시 제대로 해."

"알겠습니다."

"그리고 말이야. 대림동 찾아가서 장비 좀 대여해 달라고 해 봐."

"갑자기요?"

"어쩌겠어. 우리보다 첨단 장비를 쓰는데."

용병에게 장비를 판매하라고 요청하는 것이 더 말이 안 된다고 생각했는지 빌려달라고 부탁해보라는 거였다.

여기서 핵심은 드론이었다.

고진엽도 대림동 용병들이 어떤 첨단 장비로 다른 나라 첩보원들을 감시하는지 정보가 부족했다.

"가서 요청하는 거야 어렵진 않은데…….."

"해보자고."

"차라리 강백호 대표를 만나보는 것이 어떨까요?"

"강 대표를?"

"네. 딱 한 번만 자존심 구기고 부탁해보겠습니다."

"배 차장이 부탁해보겠다는 말이지?"

"네. 부장님!"

"자네 뜻이 그렇다면 말리진 않을게. 대신 대여만 해오면 절대 잊지 않을게."

"알겠습니다."

60

첩보전이 벌어지다보니 안전기획부뿐만 아니라 군 정보국에서도 난리가 나기는 마찬가지였다.

때문에 대림동에 자리 잡고 여러 업무를 시작한 크로우 용병단에 안기부 협력 업무를 지시해 놓은 상태였다.

상황이 꽤 긴급하게 돌아가는지 양원기 장관이 급하게 나를 찾아왔다.

"예정에 없었는데 갑자기 무슨 일이십니까?"

"요즘 돌아가는 상황이 걱정돼서 말이야."

"뭐가 말입니까?"

짐작 가는 부분은 있었지만 모른 척했다.

사람 마음은 모르는 거니까.

그러나 양 장관이 하는 말을 들어보니 예상과 다르지 않았다.

"예상했던 일이긴 하지만 너무 빨리 노출됐어. 서울이 스파이 천국이란 말이 나올 정도야."

"대변인에 의해 언론에 노출되는 것 외에 기술이 유출될 일은 없을 겁니다. 설사 미국이라 해도 그건 마찬가지니까 걱정하지 않으셔도 됩니다."

"전에도 그리 말해서 믿기는 하네만 걱정되는 건 어쩔 수가 없어서 말이야. 그래서 말인데 자네가 말했던 그 대림동 팀을 안기부에 합류시키는 건 어떤가?"

이 제안을 하기 위해 양 장관은 청와대를 다섯 번이나

찾아갔었다. 결국 허락을 얻어냈고, 나에게 제안을 하러
온 것인데 나로서도 손해 볼 것은 없는 듯했다.

"외부 노출을 원하지 않을 것 같은데 안기부에서 하려
고 할까요?"

"그건 걱정 말게. 안기부에서도 원하는 일이니까."

"그렇습니까?"

"말은 안 해도 버거웠던 모양이야. 이런 경우는 처음이
니까."

"그렇다면 도와 드려야죠."

"그런데 말이야. 다른 나라 정보국이 입국하는지는 어
떻게 알아내는 건가?"

"보안 사항이라 말씀드리기가 좀……."

"나만 알고 있어도 안 되겠나?"

"보통은 그렇게 비밀이 새어 나가죠."

끄응.

양원기 장관은 괜한 말을 했다가 체면만 구겼다.

'도대체 뭐지?'

하지만 지금은 체면보다는 호기심이 더 컸다.

대림동 용병들이 가진 비밀이 무엇인지가 더 궁금했다.

"할 말 없게 만드는군."

"안기부 쪽과 협의하는 건 그쪽에서 사람을 보내면 대림
동 책임자인 사이먼 소령을 소개해드리도록 하겠습니다."

"그러지."

"사업단 진척 사항은 어떻습니까?"

"설계도 분석 중이라고 하더군."

설계도를 분석하는 건 지금 엔지니어들이 미래 기술을 따라갈 수가 없기에 일어나는 일이다. 자기네 지식과 기술로는 불가능하다고 생각하기에 그걸 검증하려는 거다. 이것도 일종의 자존심 대결인 셈이다.

"의미 없는 일에 시간을 허비하는군요."

"그래도 검증을 하겠다는데 어쩌겠나. 과정이라고 생각하고 이해하게."

"차라리 그 시간에 제대로 된 기술 교육을 받는 건 어떻겠냐고 설득해 보세요."

"그러지 말고 충격 요법을 써보면 어떻겠나?"

"어떤 걸로 말입니까?"

"내 생각에 자네 쪽에서 뭐라도 보여주면 믿지 않겠나?"

"눈으로 봐야 신뢰를 얻을 수 있다는 말씀이군요."

"지금까지 실체를 본 건 아니니 자네 주장이라고 치부해버린다면 이 모든 것이 다 부질없는 일이 되겠지."

"미국에서 저리 적극적으로 움직이는데 말입니까?"

펜타곤에서 파견한 엔지니어들보다 우리 엔지니어들 설득하는 게 더 어려울 지는 미처 몰랐다.

"미안해서 뭐라 할 말이 없군."

"어떤 방법이 좋을지 생각해 보고 연락드리겠습니다."

"기다리겠네."

양원기 장관이 돌아가고 나서 나는 한참을 생각에 잠겨 있었다.

설계도를 보여주거나 말로 하는 것보다 훨씬 더 빠르고 유용하다는 것을 알기 때문이다.

'동생들을 불러야겠군.'

혼자 고민해 봐야 답이 나오지 않는 것 같아서 청룡과 현무를 호출했다.

"무슨 일 있습니까?"

"말해봐. 대장."

"그게 말이다. 양원기 장관이 날 찾아왔었는데……."

내내 설명을 듣더니 현무가 대뜸 한마디 툭 던졌다.

"부엉이 드론을 보여주면 딱이겠네."

나도 생각은 했었다.

송골매는 거론할 것도 없고 물수리 드론은 너무 앞서간 무인 드론이었다. 그러니 다운 그레이드 버전인 부엉이 드론을 보여주면 6세대 전투기를 개발하자는 우리 주장이 거짓이 아니라고 증명이 될 거라는 거다.

부엉이 드론만 해도 마하의 속도를 낼 수는 있었다. 하지만 개발하고자 하는 6세대 무인 전투기에는 미치지 못하는 성능이다. 이게 다 아트래핀 반도체 등 소재가 부족해서 어쩔 수 없었던 부분이다.

"그걸로 될까?"

"부엉이 드론에서 더 발전된 모델이라고 하면 이해하지 않을까?"

"제 생각도 그 정도가 적당할 거라고 봅니다."

현무 말에 청룡도 찬성하고 나섰다.

"…으음, 그럼 그렇게 하자. 따로 궁금한 건 없고?"

"대북 관련해서 진척 사항이 있습니까?"

"그건 아직 더 두고 봐야 할 것 같다. 통일부에서 나서 줘야 하는 일이라 내가 뭘 하기가 애매한 상황이야."

"은밀하게 한 번 다녀오시는 건 어떻겠습니까?"

"청와대 모르게 말이냐?"

북한의 협조를 얻어내자면 뭐라도 해야 하는 건 맞다.

"네. 방위 사업단 엔지니어들에게 부엉이 드론 보여주는 것보다 김종은 위원장에게 까막수리를 보여주는 것이 먼저가 아닐까 싶어서요."

"와아~ 대장, 그거 충격적이긴 하겠네."

까막수리를 본다면 힘의 차이를 느끼긴 할 거다.

나 같아도 힘을 쭉 빠질 것 같기는 했다.

"그래도 까막수리를 노출하는 건 위험하지 않을까?"

"북한은 폐쇄적이고 국가적으로 신뢰를 잃은 상태라 그쪽에서 뭐라고 하던 아무도 믿지 않을 겁니다. 제 예상대로라면 까막수리를 보여준다 해도 밖으로 말을 퍼 나르진 않을 겁니다. 괜한 말을 했다간 오히려 바보가 될 테니까요."

"뭘 보여주던 청와대 몰래 어떻게 연락하느냐가 중요하겠네."

뭐 하나 쉽게 넘어가는 법이 없다.

원주에 속속 모여드는 엔지니어들에게 신뢰를 주는 것도 중요했다.

그런데 청룡이 또 다른 숙제를 내준 것이다.

"러시아를 통해 보면 어떨까요?"

"러시아?"

"네. 나중에 일본을 찍어 누르자면 러시아 도움도 필요하니까 미리 연줄을 만들어 놓는 것도 나쁘지 않을 것 같아서요."

"그래. 생각해 보마."

북한이라면 중국이 훨씬 더 가까울 텐데 러시아를 선택하자는 걸 보면 중국도 우리의 주적인 것은 마찬가지라서다.

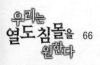

증명

도쿄.

"각하, 우습지 않습니까?"

"뭐가 말인가?"

"서울에 온 나라 스파이들이 모여들고 있는데, 안전기획부인가 뭔가 하는 한국 정보국은 그걸 모른다는 겁니다."

"그거야 알고서도 모른 척 할 수 있는 거 아닌가? 본래 한국 정치인들이 외부 눈치를 좀 많이 봐야 말이지."

일본 총리와 내각조사실 이가와 실장이 한국에 대해 은밀한 대화를 나누는 중이다. 총리 관저에 있는 한 평 조금 넘는 밀실에서 말이다.

"글쎄요. 요원들 보고를 종합해 볼 때 안기부는 그걸 모르는 것이 확실해 보입니다. 그렇지 않고서야 지네 안방이 스파이들 세상이 되도록 내버려 뒀을 리가 없잖습니까?"

"어쨌든 난 성과를 원하네. 진척이 있던가?"

"크흠… 죄송합니다. 아직 입니다."

"난 또 신나게 말하길래 뭐라도 알아낸 줄 알았더니 그게 아니었나?"

"죄송하게 생각합니다만 이런 일은 시간이 걸리기 마련입니다. 내부 인원 포섭도 해야 하고 포섭이 실패할 경우를 대비해서 플랜 B도 만들어야 하니까요."

"그걸 누가 모르나? 답답하니까 그렇지, 답답하니까."

"각하……!"

"됐고, 생각해 보게. 거짓말이라면 문제가 없겠지만 만에 하나 한국에서 주장하는 것들이 사실이라면 우린 지금 당장 전쟁을 준비해야 할지도 모른단 말일세."

무라까와 총리는 한국이 주장하는 아테나 체계가 사실일 경우 최악이 뭔지 생각하느라 머리가 지끈거렸다.

"저, 전쟁이요?"

"그래. 전쟁! 아테나 체계가 존재하는 기술이라면 한국이 무장하기 전에 싹을 잘라야 한단 말일세."

"미국이 가만있겠습니까?"

"이런 점은 모리 실장이 빨랐는데 말이야. 아쉽군."

"각하!"

"잘 듣게. 한국에서 아테나 체계를 개발했다면 찍어 누른 다음에 가져오면 그만이야. 한반도를 정복한 후에 미국과 공유하면 그만이란 말이네. 이제 내 말 이해하겠나?"

자세한 사정을 모르는 총리는 자기 위주로 그것도 철저하게 일본 위주로만 생각하고 있었다. 자기네가 계획을 세우면 미국도 못 이기는 척 따라와 줄 거라고 믿어 의심치 않는 것이다.

"하지만…….."

"미국은 로비하면 그뿐인데 뭐가 걱정인가?"

"하지만 한국이 가진 재래식 군사력을 무시하시면 안 됩니다. 중국과 러시아를 설득하는 문제도 있고 말입니다."

"중국과 러시아는 간단하게 해결할 수 있으니 걱정할 거 없어."

"어떻게 말입니까?"

"중국에는 북한 일부를 주고 러시아엔 울릉도를 주면 돼."

"너무 엄청난 계획입니다."

"이왕 이렇게 된 거 전쟁 상황으로 밀어붙이는 것도 방법일 거야."

무라까와 총리는 자기 마음대로 한반도를 재단하고 있었다. 마치 자신이 결정만 하면 될 것처럼.

"정말 그렇게까지 생각하고 계시는 겁니까?"

"물론이야. 말이 나왔으니 말인데 자네가 해줄 일이 있어."

"제가요?"

"쫄았나?"

"그, 그럴 리가요."

"그럼 자넬 믿어도 되겠지?"

"물론입니다. 각하."

"좋아. 그럼 위대하신 천황 폐하를 위해 요원 몇 명 정도는 희생시켜도 되겠지?"

"천황 폐하를 위해서라면 문제없습니다. 각하!"

일은 자기가 꾸미고 있으면서 천황 폐하를 들먹이면서 책임을 전가했다. 지지율 올려서 총리 연임해 보겠다고 전쟁까지 생각하다니 천하의 잡놈이 따로 없다.

"좋았어. 그럼 자네가 뭘 해야 하는지 계획을 가져와 보게."

"네?"

"이런 친구를 봤나. 내가 숟가락 밥까지 얹어서 떠먹여

쥐야 하나?"

"아, 아닙니다. 각하! 제가 계획을 수립해 오겠습니다."

"이제야 말귀를 알아먹는군."

총리 속내야 뻔했다. 일이 틀어지면 내각조사실에서 충성 경쟁을 하는 통에 일을 벌인 것이라 우길 생각인 것이다.

무라까와 총리가 전쟁을 들먹이고 있을 때, 우리는 원주에서 실체적 진실을 보여주기 위해 엔지니어들을 한자리에 모았다.

"오늘 왜 모이라고 한 거래?"

"모르겠습니다."

"한 박사, 오늘 보여줄 것이 있다니까 일단 자리 잡고 앉아."

"김 박사도 왔어?"

"다 모이라잖아. 그래서 왔지. 흐흐흐! 내가 원래 이런 자리 좋아하잖아."

"김 박사도 설계도 검토 중이지?"

전투기 한 대 만드는 데엔 많은 분야가 접목된다. 그래서 각 분야에서 최고라 인정받는 엔지니어들이 원주로 모여들었다. 원주에 모인 각 분야의 엔지니어이자 박사들은 6세대로 불리는 무인 전투기를 만들어내기 위해 모인 집단이다.

 하지만 워낙 급하게 추진되는 사업이고, 어디에 가면 리더가 될 천재들을 한 프로젝트에 묶어 놓다 보니 말썽도 많았다.

 "검토 중이긴 한데 이건 뭐 상식을 뛰어넘는 기술이라 어떻게 판단해야 할지 모르겠단 말이지."

 "우리 쪽도 그런데 사정이 비슷한 모양이야."

 "가만, 시작한다."

 뭐라고 떠들든 상관없었다.

 눈으로 보여주고 나면 먼저 공을 세우려고 알아서들 날밤 셀 테니까.

 "모두 오신 것 같으니 그럼 시작하겠습니다. 오늘 이 자리는 6세대 전투기를 검토 중인 각 분야의 최고 학위를 가지신 분들입니다. 저희가 제공한 설계도 때문에 말이 많은 거 같은데 그 설계도가 실현 가능하다는 걸 오늘 보여드리겠습니다."

 웅성거리는 소리가 꽤나 시끄럽다. 하지만 난 마이크를 사용하고 있어서 그러거나 말거나 말을 이어나갔다.

 "오늘 보여드릴 드론은 인공지능에 의해 움직이는 드론으로 조종사가 필요 없으며, 미리 입력된 미션을 수행하게 됩니다. 우선 보고 나서 계속하시죠."

 부엉이 드론 수십 대가 1km 상공에서부터 급강하를

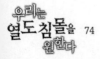

시작해서 순식간에 지상 50M까지 도달했다. 그러더니 급격하게 선회 비행을 하면서 나를 스치고 지나갔다. 얼마나 가까웠는지 드론이 일으키는 바람에 내 머리칼이 날릴 정도였다. 수십 대의 드론이 알아서 움직이고 미리 설치해둔 장애물을 요리저리 피하면서 곡예비행까지 보여주었다.

"와아~"

"저게 된다고?"

"어디 조종사가 숨어 있는 거 아닌가?"

"조종사가 조종한다 해도 저 정도 곡예비행이 가능하다면 미친 거 아닌가?"

"하지만 저건 소형 드론이고 마하 속도로 비행하는 것까지는 안 되는 거잖아."

눈으로 보여주어도 딴지를 거는 사람이 없는 건 아니었다. 하지만 곧 음속을 기록하는 수치가 미리 설치한 전광판에 나타나자 여기저기서 감탄이 터져 나왔다.

하지만 여기서 끝이 아니다.

드론 한 기가 설치해둔 원형 방탄유리 벽 안으로 들어간다. 그러더니 작은 폭발을 일으키며 파편이 360도 방향으로 골고루 튀었다. 요인 암살과 군용으로 사용될 경우 어떻게 활용하는지를 보여주는 거다.

다음으로는 멀리 안전한 곳에서 여러 대가 한꺼번에 폭

발하자 작은 미사일이 폭발하는 정도의 폭발력까지 보여주었다.

"씨X!! 나 지린 거 같다."

"저, 저거 미쳤네."

"노스럽 개X끼들 다 죽었어."

"노스럽뿐만 아니야. 로키드도 끝장이야. 으하하하!"

"난 왜 눈물이 나지?"

"실컷 울어. 한 박사!"

폭발 실험까지 본 엔지니어들 반응이 그야말로 폭발적이다. 그래도 의심이 완전히 가시지 않았는지 의심에 찬 눈빛을 보내면서 질문을 잊지 않는 엔지니어도 존재했다.

"강 대표님, 조종사가 숨어 있는 거 아닙니까?"

"인공지능에 대해선 아십니까?"

"그야 개념 정도는 알고 있습니다만……."

"그럼 이렇게 말씀해 보세요. 1번 드론 선회 비행 후 10미터 앞에 착륙하라고 말입니다. 물론 다른 명령을 내려도 됩니다."

"좋습니다. 해보죠. 1번 드론, 강 대표님을 기준으로 세 바퀴 돈 후에 유리 벽 안으로 착륙해."

겁은 많아서 터지기라도 할까 봐 유리 벽 안으로 착륙하란다. 나는 웃으면서 지켜보고만 있었다. 김한울이란 박사가 1번 드론에게 명령을 내리자 드론 한 대가 그가 말한 것처럼 내 주위를 세 바퀴 돌더니 유리 벽 안으로 착륙했다.

"이제 믿으시겠습니까?"

"그렇긴 한데 아직 확인할 것이 많습니다."

"확인은 시제품을 만들어서 해도 되는 거 아닐까요?"

"그…그것이……."

김한울 박사의 말문이 막히자 다른 엔지니어가 나를 노려보면서 질문했다.

"시범이 충격적이긴 했으나 이걸로 모든 것이 해결된 것은 아닙니다. 인공지능은 나중에 검증해도 되지만 6세대에 어울리려면 스텔스는 기본입니다. 저 드론들은 작아서 레이더 실험이 곤란할 거 같은데 어떻게 생각하십니까?"

"그 질문이 왜 안 나오나 했습니다. 그래서 준비했습니다. 전광판을 보시죠. 화면에 보이는 것은 우리 공군이 보유한 F—5E 레이더 디스플레이를 구현한 것입니다."

"……."

"비행 중인 드론이 키가 작아도 가까이 있다면 레이더에 나타나기 마련이죠. 그럼 저 드론들에게 스텔스 기능이 있는지 확인해 보겠습니다."

화면상으로 보여주는 것들이 진실이냐고 하면 상황이 복잡해진다. 이건 뭐 딴지를 걸자는 수준밖에는 되지 않으니 말이다. 그래도 그걸 어떻게 믿냐는 말은 나오지 않아서 일단 부엉이 드론이 레이더에 잡히는지 안 잡히는지를 보여주었다.

"헐~ 정말 안 잡히네."

"그건 아직 몰라. 드론 크기가 레이더에 잡히기엔 너무 작잖아."

"두고 보면 알겠지."

이런 저런 말들인 나오는 가운데 한 사람이 다른 것을 거론했다.

"저게 스텔스든 아니든 상관없겠어. 대당 제작비가 얼마나 들어갈지 모르겠지만 저런 드론 수만 대라면 전쟁이고 뭐고 끝장 아닌가?"

맞는 말이다.

미사일이나 전차, 특히나 돈이 많이 들어가는 구축함 건조할 비용으로 이런 드론 수만 대, 아니, 수십만 대를 보유한다면 진정한 깡패 국가가 될 수 있는 거였다.

"오호라, 정말 그렇긴 하겠어요."

그 후로도 질의응답 시간이 이어졌다.

대부분은 디테일한 기술적인 부분들이라 이렇게 오픈된 자리에서 대답할 수 있는 것들이 아니었다. 그래서 각 파트별로 따로 미팅 시간을 정하겠다고 하자 그제야 다들 자리에서 일어나기 시작했다.

        *   *   *

똑똑!

러시아 스파이들이 자리 잡은 안가에 약속되지 않은 노크가 울렸다.

"막심, 누구 오기로 했었나?"

"아닙니다. 팀장님."

"그런데 지금 노크하는 사람은 누구지?"

"현장팀 부를까요?"

"일단 누군지나 봐."

문 앞에 설치한 CCTV 화면을 보라는 거다. 그런데 화면을 확인한 막심이 얼음 기둥처럼 얼어붙었다.

"뭐야? 뭔데 그래?"

"이, 이, 이거 좀 보셔야겠습니다."

후다닥!

막심이 얼어붙었다는 건 뭔가가 일어나고 있다는 증거다. 그래서 서울에 파견된 FSB 지부장 세르게이 마카로프는 후다닥 화면이 있는 쪽으로 달려왔다.

"어?"

"마, 맞는 거죠?"

"저 사람이 여긴 어떻게?"

"어떻게 할까요?"

"미치겠군. …으음. 알고 온 것 같으니 문 열어줘."

"괜찮겠습니까?"

"뭐라고 하는지 만나나 보자고."

러시아 연방 보안국 요원들 앞에 나타난 사람은 당연히나 강백호였다. 북한에 들어가기 위해서는 이들의 역할이 중요해서 나름 고민도 많이 했다.

"강백호 대표시군요."

"제 소개는 따로 하지 않아도 되겠죠?"

"뭐, 모른다고 거짓말은 못하겠군요. 그런데 여긴 어쩐일로."

"전 당신이 누군지 모르는데……."

"아, 임시 한국 지부를 맡은 세르게이 마카로프입니다.그냥 세르게이로 부르시죠."

"그럽시다. 어디 좀 앉아서 얘기하고 싶은데요."

"이쪽으로 오시죠."

러시아 연방 보안국 임시 한국 지부에 비상이 걸렸지만, 세르게이는 애써 침착함을 유지하려고 노력했다.

"티, 팀장님, 요주의 인물입니다. 괜찮겠습니까?"

"나더러 어쩌라고. 자기가 먼저 찾아왔잖아."

"그, 그렇긴 한데……."

"됐고. 커피나 좀 가져와."

"제가요?"

"그럼 누가 하냐?"

"아, 그렇긴 하네요."

"지금 장난할 때야?"

어딘지 모르게 익살스러운 두 사람의 관계다. 하지만 지금은 어떻게 행동해야 할지 모르겠어서 당황한 거다. 세르게이는 나를 조사실 같은 곳으로 안내하더니 5분쯤 있다가 커피를 들고 나타났다.

"기다리게 해서 미안합니다."

"괜찮습니다."

"강 대표님을 이런 식으로 뵙게 될 줄은 몰랐습니다."

"그러게요. 저도 이런 식으로 FSB 요원을 만나게 될 줄은 몰랐습니다. 그것도 서울에서 말입니다."

"무슨 일로 오신 겁니까?"

"한 가지 제안하기 위해서 왔습니다."

"제안이요?"

"네."

북한에 들어가기 위해서는 러시아 대통령의 도움이 필요했고, 세르게이는 나를 러시아 대통령에게 안내해 줄 사람이었다.

"어떤 제안이길래 이렇게 직접 오셨는지?"

"제가 크렘린 궁에 좀 가봐야겠는데 요원님이 안내 좀

해주셔야겠습니다."

"대통령님을 만나고 싶다는 말입니까?"

"네. 그렇습니다."

"갑자기 찾아와서 이러시니 제가 어떻게 반응해야 할지 모르겠군요."

"팀장님을 비롯해서 FSB 요원들이 한국에 들어온 이유를 알고 있습니다. 한국과 러시아가 미국과는 다른 새로운 동맹이 될 수 있지 않겠습니까?"

"그, 그게 무슨?"

"아, 그 전에 제가 한국 정부로부터 협상을 위임받았다는 것을 먼저 알려드려야겠군요."

여길 찾아오기 위해서 제법 귀찮은 일들이 있었다. 양원기 국방부 장관의 도움을 받아 청와대로부터 허락을 받아내느라 꽤 험난한 토론을 거쳐야 했다.

"그렇다면 한국에 거주 중인 러시아 대사를 찾아가는 것이 낫지 않았겠습니까?"

"저도 그러고 싶었는데 이번 일은 공식적인 루트로 진행할 수가 없어서 말입니다."

"솔직히 어떻게 해야 할지 모르겠군요."

"앞으로 한국은 많이 달라질 겁니다. 그 변화를 러시아와 함께하고 싶다고 전해 주세요. 이를테면 시베리아 횡단 철도를 한국과 연결한다든지 하는 사업도 가능하겠죠."

"철도를 연결하자면 북한이 찬성해야 하는데 가능하겠습니까?"

세르게이는 고위 간부는 아니었다. 그래도 한국에서 출발하는 철도가 시베리아 횡단 철도를 만나게 되면 무슨 일이 일어나는지 정도는 알고 있었다.

"그걸 가능하게 만들기 위해서 제가 대통령님을 만나야 한다는 겁니다. 그리고 철도가 연결된다면 단순한 화물 열차 수준이 아닐 겁니다."

"그건 무슨 뜻입니까?"

"고속 열차와 지금은 개념조차 생소한 루프 스테이션이란 신기술이 동원될 겁니다. 그렇게 되면 여객뿐만 아니라 물류에 혁신이 일어나게 되겠죠. 부산에서 출발하는 화물이 모스크바까지 이틀이면 도착할 수 있는 신기술을 적용할 생각입니다."

"하하하! 황당한 말씀을 하시는군요. 부산에서 모스크바까지 비행기로 가는 것도 아니고 어떻게 철도 화물이 이틀 만에 도착한다는 말입니까?"

상식이란 시대에 맞은 지식이다. 세르게이 말대로 1998년에 루프 스테이션이란 기술은 이해하기도 어렵고 받아들이는 건 더더욱 힘들었다.

"기록은 깨라고 있는 것이고 상식은 파괴하라고 있는 겁니다. 루프 스테이션이란 기술은 튜브를 설치해서 그안을 진공 상태와 비슷한 분위기로 만드는 겁니다. 그렇게 하면 시속 1,000km는 우습게 넘을 수 있죠."

"……."

"만약 중간에 역을 만들지 않고 논스톱으로 연결한다면 하루 만에도 도착할 수 있게 만드는 것이 루프 스테이션 기술입니다."

"그러니까 그런 기술이 존재하고 그 기술을 강 대표님이 보유 중이라 말씀이시죠?"

"확인하는 문제야 나중에 천천히 해도 되니까 팀장님은 절 크렘린 궁으로 데려가 주면 됩니다."

"제가 뭐라도 해야 하는 상황이긴 합니다. 일단 보고하고 대통령님 지시를 기다려 보겠습니다."

"여기서 기다려도 되겠죠?"

"네?"

"한 시간 정도면 되지 않겠습니까?"

"…뭐가 뭔지 모르겠군요. 그럼 편할 대로 하세요."

세르게이는 자신에게 무슨 일이 일어나고 있는지 아찔했다.

스윽.

시계를 확인해 보니 지금 연락하기엔 아직 이른 시간이었다. 그래도 뭐 워낙 중차대한 일이니 이해했을 거라 생각하고는 핫라인으로 연결된 전화기를 붙잡았다.

이 전화기는 수화기를 들면 자동으로 모스크바로 연결되는 핫라인이다. 그만큼 중요한 일이란 뜻이니, 24시간 대기하고 있었다. 언제 어느 때 수화기를 들어도 반응하게 돼 있었다.

새벽 5시에 모스크바 크렘린 궁에 핫라인이 연결됐다.

"무슨 일이라고?"

국정을 운영하다 보면 밤늦게 잠들고 새벽에 일어나는 일이 다반사이기는 하지만 짜증나는 건 어쩔 수 없었다.

"죄송합니다. 각하!"

"이왕 일어났으니 무슨 일인지 말이나 해봐."

"그게 그러니까 한국에서 급한 연락이 왔는데……."

"신기술?"

"네. 각하! 강백호 대표가 각하와의 면담을 요구하고 있습니다."

"아테나인지 뭔지는 확인했나?"

"그건 아직 입니다. 차라리 이참에 강백호 대표를 만나 보시고 직접 확인해 보는 것도 나쁘지 않다고 봅니다."

"…으음. 흥미로운 인물이군. 좋아. 언제든 괜찮으니 모스크바로 오라고 해."

"알겠습니다."

어쨌든 러시아 대통령 허락이 떨어졌다.

그렇다고 호의만 있는 건 아니었다.

여차하면 제거해버릴까? 하는 생각까지 하고 있어서 준비하기 시작했다. 본래 내가 못 가지면 남도 못 가지게 만드는 것이 욕심쟁이들이 하는 짓이다. 미국이나 러시아, 중국도 마찬가지고 그들은 욕심쟁이들이었다.

물론 내 기준에서……

* * *

한편 한국은 연일 시끄러웠다.

일본 정치인 한 명이 독도에 상륙하겠다고 요트를 타고 나타나서는 난리를 치는 통에 한국과 일본 모두가 시끄러웠던 것이다.

그것만이라면 일본이 또 미친 짓 하나보다 하고 지나갔을 거다. 그런데 거대한 순시선이 하루가 멀다 하고 독도 인근을 배회하면서 측량을 하겠다나 어쨌다나 지랄을 해댔다.

한국은 IMF 사태를 피했을 뿐 아직도 외환위기를 벗어난 것은 아니다. 그런 마당에 일본이 이렇게 지랄해주니 이상하게 여론이 하나로 모여들었다.

반응은 바로 나타났다.

독도를 욕심내는 일본을 규탄한다는 시위가 광화문에

서 열린 것이다. 이것을 두고 일본은 일본대로 난리였다.

"또야?"

"네. 오늘은 독도를 지나 울릉도 가까이 진입했다가 공해상으로 빠졌습니다."

"우리 쪽 대응은?"

"기동 함대가 출동해서 경고 방송을 하고는 있습니다만 순시선이 자위대 함정이 아니라 군사적 대응도 못 하고 속만 앓고 있습니다."

"한 실장, 한 방 먹여 줄 수 있는 좋은 방법이 없겠나?"

"죄송합니다만 현실적으로 할 수 있는 일이 없습니다."

"하긴. 그렇지. 이럴 때 우리 군에 EMP탄이라도 있다면 좋은데 말이야."

조금 엉뚱한 생각 같아도 EMP탄이 있다면 일본 해양 경찰 순시선에 한 방 먹이겠다는 거였다.

하지만 한국군에는 첨단 무기에 속하는 EMP탄이 존재하지 않았다.

"EMP탄 말입니까?"

"아, 혹시 말이야."

"네?"

"강백호 대표라면 방법이 있지 않을까?"

"방법이라면 어떤……?"

"아테나 체계도 개발해 낸 사람인데 EMP탄에 대한 정보가 있지 않겠나 하는 말이야."

"제가 연락해 보겠습니다."

"그래. 확인해봐서 나쁠 건 없지."

한보현 비서실장은 대통령의 의지에 따라 내게 연락했다. 내가 러시아에 있으니 청룡을 만나보라고 했다.

그리고 만남은 순식간에 이루어졌다.

"강청룡입니다."

"강백호 대표가 만나보라고 하던데 무슨 일인지 알고 계십니까?"

"네. 형님께 들었습니다. EMP탄이 필요하시다구요?"

"그렇습니다."

강력한 전자전 능력을 갖춘 미래에선 방어 기술 또한 만만치 않아서 무용지물이나 마찬가지인 기술이었다.

하지만 이 시대에선 꽤 유용하겠다는 생각이 들기는 했다. 이래서 고정관념을 무시할 수가 없는 것이다.

"제가 미리 좀 알아봤는데 3개월 정도면 생산이 가능하겠더군요."

"네?"

"하하하! 너무 길죠. 하긴, 저도 그렇게 생각했습니다.

88

3개월이 길면 용병단이 보유한 공군 전력으로 강력한 펄스를 일으켜서 순시선 항해 시스템을 망가트릴 수 있을 겁니다."

"……."

청룡도 이제 알았다.

길다고 생각해서가 아니라 자기 말에 놀랐다는 것을 말이다. 그래서 물 한 모금 마시고 차분히 마음을 가라앉힌 다음에 자기 모습을 되찾았다.

"형님께서 최대한 도와드리라고 하셨으니 뭐든 말씀하셔도 됩니다. 제가 어떻게 도와드릴까요?"

"아, 죄송합니다. 제가 좀 놀라서 그만……."

"괜찮습니다."

"그러니까 EMP탄에 대한 기술을 보유 중이고 3개월이면 실전에 사용 가능한 EMP탄을 생산할 수 있다는 말입니까?"

"네. 그렇게 말씀드렸습니다."

"아시다시피 일본 해안경찰청 순시선이 거의 매일 독도 해역에 나타나고 있습니다. EMP탄 생산은 따로 하더라도 민간인 피해 없이 순시선이 제 역할을 상실했으면 좋겠는데 가능하겠습니까?"

"오늘 바로 처리해 드리죠."

"오늘 말입니까?"

이런 일은 길게 시간 끌 것도 없었다.

송골매를 보내서 강력한 전자기파를 보내면 전자전에 무방비 상태인 순시선이 가진 시스템 정도는 불태워버릴 수 있었다.

"네. 시간 끌 거 없잖습니까?"

"그렇긴 한데 정말 인명 피해 없이 가능하겠습니까?"

"문제없습니다. 시스템 회로 기판을 태우는 거니까 표류하게 될 텐데 그 뒷일을 어떻게 할지나 정리하시는 것이 좋을 겁니다."

"우리 영해 안으로 들어온다면 나포해서 예인해야죠."

"윗분 허락도 받으셔야 할 테니까 움직여도 괜찮은지만 알려주세요. 그럼 바로 처리하겠습니다."

"제가 부탁드리러 오긴 했는데 막상 너무 쉽게 말씀하시니 귀신에 홀린 기분입니다."

"저희가 가진 신기술이 꽤 많아서 앞으로 놀랄 일이 많은 텐데 이 정도로 놀라시면 곤란할 겁니다."

* * *

한보현 실장은 청와대로 돌아간 다음 두 시간 있다가 청룡에게 전화를 걸었다.

그 뒤로 30분 뒤 송골매가 독도 근해를 배회하는 일본 해양경찰청 소속의 순시선에 강력한 전자기파를 투과시켰다.

치지지직—

"어?"

"가네다. 무슨 일이야?"

함교에는 순식간에 연기가 자욱해졌다.

"누전인가 봅니다. 전부 타버렸습니다."

"무슨 소릴 하는 거야?"

"저도 영문을 모르겠는데 전기가 나가고 엔진이 멈췄습니다. 분명 출항 전에 분명히 점검했는데……."

"이런 바보 같은 새끼들."

강압적인 분위기에서 어색한 침묵이 흘렀으나 함장은 알고 있었다.

이제 이 순시선은 깡통이나 다름없다는 걸 말이다.

"함장님! 빨리 구난선을 불러야 합니다."

"다 망가졌다면서 무슨 수로 구난선을 부른단 말인가?"

"찾아보면 구식이긴 해도 비상 회선이 있을 겁니다."

"그럼 어서 찾아 봐. 이대로 표류하다간 험한 꼴을 당할 수도 있으니까."

가네다라는 부사관이 비상 회선을 찾기는 했으니 그마저도 고장 났다는 것을 확인한 뒤에야 비로소 엄청난 뭔가가 벌어지고 있다는 걸 깨달았다.

"그것도 고장이라고?"

"네. 함장님!"

"도대체 무슨 일이 벌어지는 거야?"

"함장님, 이거 말입니다. 그거 같습니다."

"그거라니? 똑바로 말해."

"그, 그거 있잖습니까? 사람은 멀쩡한데 회로 기판은 모조리 태워버리는 거 말입니다."

"지금 EMP를 말하는 거야?"

"네. 함장님. 제가 교육 시간에 들었는데 이 상황이 EMP 공격을 받았을 때와 똑같은 것 같습니다."

"무슨 헛소리를 하는 거야. 한국이 EMP 기술을 가졌을 리가 없잖아."

"꼭 한국이 아닐 수도 있잖습니까?"

"뭐?"

함장도 생각이 있는 사람이었다.

해양경찰 소속이지만 이건 국가 차원에서 벌이는 중요한 임무라는 거 말이다.

그런데 갑자기 기관이 멈추더니 전기가 싹 나가 버렸다.

EMP탄이 있다는 건 알지만 그건 미국이나 가능한 일이지 한국과는 무관한 일이었다.

아니, 그렇게 생각하고 있었다.

그런데 가네다가 말한 대로 EMP에 당한 것처럼 배가 멈추다 보니 아니라는 확신도 쉽게 사라졌다.

"요즘 미국이 한국과 꽤 가까워졌다는 거 함장님도 아시잖습니까?"

"그래서 미국이 한국에 잘 보이려고 이런 짓을 벌였다?"

"가능성이 없다고 보진 않습니다."

"미치겠네."

그때 다른 승조원이 함장을 찾았다.

"함장님! 한국 해군이 보낸 구축함이 접근 중입니다."

모든 기기가 고장 난 터라 이건 갑판에 나가 있는 견시수가 육안으로 확인한 사실을 보고한 것이다.

"절묘하군."

"네?"

"마치 기다렸다는 듯이 나타났다는 뜻이야. 이거 어쩌면 가네다 말이 맞을지도 모르겠어."

혼잣말처럼 중얼거렸지만, 함교에 있는 승조원들 모두가 듣고 있었다.

폭풍우가 부는 것도 아니고 당장 배가 어찌된다고 생각하지는 않아서 불안해하는 기색은 없었다.

하지만 그래도 한국 해군에 나포되면 꽤나 피곤해질 거

란 생각들은 하고 있었다.

"함장님! 어떻게 하시겠습니까?"

"굴욕적이지만 어쩔 수 없군. 도와달라고 해."

"알겠습니다."

독도에 알짱대는 순시선을 혼내주려고 시작한 일이다.

그런데 이렇게 시작된 일이 엉뚱하게 전개되기 시작했다.

무라까와 총리의 음모

　일본 해상보안청 소속 순시선은 표류를 시작하면서 통신조차 불가능했다. 할 수 없이 백기를 내 걸고 도와달라는 신호를 보냈다.

　한편 주변에서 상황을 지켜보던 광개토대왕함은 순시선에서 백기를 내 걸자 인도적인 차원에서 울릉도로 예인하려고 했다. 상황이 시시각각으로 변한다고 하더니 지금 동해가 그러했다.

　"함장님! 여기 좀 보셔야겠습니다."

　한국형 구축함을 보유하기 위한 KDX—1 사업.

　1998년 7월에 갓 취역한 DDH—971 광개토대왕함은 뜻밖의 상황을 맞닥트리기 직전이다. 어떻게 보면 취역하자마자 역사에 남을 일을 겪는 중이었다.

함장도 함선도 그리고 함선에 탄 승조원들도 모두 얼떨떨하고 정신이 없었다. 그러나 갓 취역했다 해도 1년 넘게 시험 항해를 했었다. 그 1년 동안 숱하게 훈련을 반복했으니 당황해하는 승조원은 존재하지 않았다.

"뭔데 그래?"

"근처에서 배회 중이던 놈들인데 표류 중인 순시선과 한 묶음인 측량선들인데 빠른 속도로 접근 중입니다."

"표류 중인 순시선을 구난하겠다는 건가?"

"순시선에 내 건 백기를 봤을 겁니다."

"하긴. 가시거리에 들어와 있으니 상황 정도는 파악했겠지. 하지만 우리 해역이잖아."

"원래 막무가내인 놈들이잖습니까?"

"하여간에 일본은 총리고 공무원이고 다들 미친 새끼들뿐인가 보군. 일단 경고 방송 내보내. 난 본부와 연락해 보지."

돌발적인 상황에 대해선 함장 권한으로 처리해도 되었다. 문제는 순시선과 측량선이 전함이 아닌 이상 민간인으로 간주해야 하는 터라, 본부 지침이 필요했다.

"네. 함장님! 바로 경고하겠습니다."

함장은 해작사와 연결해서 현재 상황을 알리고 측량선

이 영해를 침범할 경우 어떻게 할지를 의논했다.

지금이 전시라면 이런 절차는 무시해도 그만이었다.

하지만 외교적인 문제를 고려하지 않을 수 없어서 함장도 답답했다.

"측량선이 영해를 침범하기 직전입니다."

—원칙대로 해.

"나포하란 말씀이십니까?"

—그게 원칙이면 그렇게 해야지.

"외교 문제는 없겠습니까?"

—우리는 군인이야. 정치는 청와대에 맡겨두고 우리는 우리 할 일만 제대로 하면 돼. 알겠나?

"넵, 사령관님!"

상황이 상황인지라 일직 사령이 아닌 해작사 사령관이 통신을 상황실에 있다가 광개토대왕함 함장과 통신을 하게 됐다.

그리고 함장이 다시 함교로 돌아오자, 보란 듯이 일본 측량선이 영해를 침범해서 백기를 내걸고 표류 중인 순시선에 접근하려고 했다.

"저런 미친 새끼들이… 당장 가로막아!"

차마 함포를 쏠 수가 없어서 전함으로 측량선을 가로막으라는 거였다.

얼핏 생각하면 인도적인 차원에서 측량선 진입을 허용

해서, 고장 난 순시선을 예인해 가라고 할 수도 있었다. 하지만 이건 국가 체면이 달린 일이다. 그리고 그렇게 했다간 일본 언론이 얼마나 우릴 우롱해댈지 눈에 선했다.

이건 기필코 막아야 하는 거였다. 무엇보다 대한민국 해군의 자존심이 걸린 문제다. 광개토대왕함이 일본 측량선 경로를 가로막자 측량선에서도 갑판으로 튀어나온 승조원들이 지랄해대는 것이 보였다. 날씨가 맑고 바람이 없어서 그런지 희미하지만 욕하는 소리가 들릴 정도로 가까웠다. 이대로라면 충돌을 걱정해야 했다.

"함장님! 멈출 생각을 하지 않습니다."

"해보자는 거군. 지금 당장 경고 사격한다. 함포 사격 준비!"

"네?"

"뭘 놀라고 서 있어. 빨리 명령 전달 안 해?"

"아! 네. 함포 사격 준비!"

함포를 준비하라는 함장의 명령에 함교엔 긴장감이 감돌았다.

위이잉!

함포가 측량선이 진입하는 방향으로 고개를 돌리자 측량선 갑판은 조금 전보다 더 난리가 났지만 김문식 함장은 거침없었다.

"발사!"

"발사!"

뻐엉!

광개토대왕함 갑판에 포연이 자욱해지는 것과 동시에 포탄이 측량선을 향해 힘차게 날아갔다.

위협사격이라 측량선을 겨냥한 것은 아니었다. 바로 측면을 쏴서 포탄이 터지면서 일으키는 포말이 측량선 갑판을 덮치게 만들었다. 덕분에 갑판에 나와 있던 수십 명의 승조원들이 바닷물을 뒤집어썼다.

"앗!"

"으악!"

경고 사격까지 받은 측량선은 이런 일은 처음이라 제정신이 아니라 연신 삿대질하기에 바빴다. 욕은 하더라도 그렇게 물러날 줄 알았다. 그런데 비무장이라고 생각했던 측량선에서 느닷없이 기관총탄이 날아왔다.

타타타타타!

팅팅팅—!

갑자기 날아오는 총탄에 혼비백산한 건 광개토대왕함도 마찬가지였다. 함선이 기총 사격이 가능할 정도로 가까이 있다는 것 자체가 문제였다.

"함장님?"

어떻게 하냐는 부함장의 한마디.

"일단 거리부터 벌려. 전속 후진!"

"전속 후진!!!"

부함장의 다급한 목소리에 조타를 맡은 부사관이 신속하게 대응했다.

광개토대왕함은 기총 사격이 닿지 않는 거리로 거리를 벌렸다. 그런데 그 와중에 표류 중인 순시선으로 가는 길이 열려서 일이 묘하게 됐다.

'미치겠군. 정밀 사격을 했다간 난리가 날 텐데.'

지금 함장의 솔직한 심정이다.

비록 공격 받았어도 민간 측량선을 향해 구축함이 대응 사격을 했다가는 내부적으로 욕을 먹고 외부적으로도 규탄의 대상이 될 수 있었다. 그렇게 고민하는 사이 조금 전 사령관이 했던 말이 생각났다.

'그래… 원칙대로 하라고 했어.'

지금 부하들이 자신만 바라보고 있었다.

대한민국 최초로 만들어진 광개토대왕함 함장이 되고 나서 얼마나 자긍심이 차올랐는지 모른다.

'공격받은 이상 참으면 안 되는 거야.'

함장은 그때가 떠오르면서 어금니를 꽉 깨물었다.

"사격 통제관, 실력 좀 보자고."

"말씀만 하십시오."

"좋아. 선미에 구명정 매달린 거 보이지?"

"구명정이 타깃입니까?"

"그래. 본때를 보여주자고."

"알겠습니다."

사격 통제관이 결연한 표정을 지어 보이더니 곧바로 함포 사격에 들어갔다. 측량선에 달린 구명정을 타깃 삼아 함포를 발사했다.

뻐엉!

다시 한번 포연으로 자욱해진 광개토대왕함.

포탄은 자로 잰 듯이 측량선 구명정을 맞추면서 폭발했다. 선미 일부가 폭발에 휘말리기는 했으나 구명정이 사방으로 비산하면서 충격을 줄여주었는지 기동하는 데는 지장이 없었다. 그러나 초유의 상황이 벌어지면서 한일 관계가 급속도로 얼어붙기 시작했다.

제대로 얻어맞은 측량선은 선수를 돌려 공해상으로 내뺐다. 그 모습을 고스란히 보면서 표류 중이던 순시선은 광개토대왕함에 의해 울릉도로 예인되었다.

＊　＊　＊

관방장관의 보고를 받은 총리가 한바탕 할 줄 알았는데 의외로 입꼬리가 올라갔다.

"잘 됐어."

도대체 뭐가 잘됐다는 것일까?

관방장관은 의문을 가질 수밖에 없었다.

"네?"

"순시선 함장 이름이 뭐지?"

"우치무라 함장입니다."

"이가와 실장에게 내 메시지를 전달하게."

"어떤 메시지를 말입니까?"

"뭐긴. 우치무라 함장의 충성이지."

"그게 무슨 말씀이십니까?"

총리는 무슨 생각을 하는지 잠깐 뜸을 들였다가 관방장관에게 은밀한 지시를 내렸다.

그런데 얘기를 듣는 관방장관 표정이 심하게 일그러졌다.

"그리 전하게."

"하지만 각하!"

"무슨 말 할지 알겠는데 내 말대로 하라고 전해."

"전하긴 하겠습니다만… 우치무라가 각하의 지시를 거부할 수도 있는 문제입니다."

"그건 이가와 실장이 알아서 할 거야."

"하지만 각하……!"

"어허, 언제부터 이렇게 토를 달았나? 어서 내 말대로 하라니까."

관방장관은 대답 없이 고개를 숙였다. 하기 싫지만 하

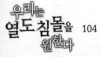

겠다는 뜻이다.

　도대체 무슨 소리를 들었길래 관방장관이 이렇게 반대를 하는 걸까?

　아무튼 관방장관을 통해 이가와 실장에게 총리 지시가 전달되었다. 이가와 실장은 두어 시간 고민하다가 요원 한 명을 울릉도로 보냈다.

　그러고 나서 하루가 지났을 즈음.

　우여곡절 끝에 한 줄 메시지가 적힌 쪽지가 우치무라 함장에게 전달되었다.

　"누가 됐든 정식으로 사과만 하면 풀려날 겁니다."

　광개토대왕함 함장이 최소한의 예의를 지키기 위해 우치무라 함장을 만났다.

　"굳이 이럴 필요까지 있었소?"

　"알겠지만 우린 명령에 따를 뿐입니다."

　"그래도 그렇지. 측량선이 우릴 예인해 나갔으면 깔끔하게 해결될 문제였는데 굳이 이렇게까지 일을 벌이는 이유가 뭐요?"

　마치 우리에게 모든 잘못이 있는 것처럼 말하는 우치무라 함장이다. 그러나 이런 어설픈 심리전에 당할 사람이 아니다.

　"애초에 한국 영해를 침범하지 않았으면 일어나지 않

앗을 일입니다. 잘못이 있다면 우치무라 함장에게 있지, 우리에게 있는 게 아니란 말입니다."

"그렇다고 함포를 쏘다니 그게 말이나 되는 일이오?"

"먼저 기총 사격을 했으니 그 또한 우리 책임이 아닙니다. 영상 촬영도 해두었는데 보시겠습니까?"

"됐소."

시간이 지나고 임시로 마련된 조사실에 혼자 남은 우치무라 함장에게 식사가 제공되었다. 놀랍게도 밥을 다 먹으니 밥그릇 바닥에 쪽지가 하나 있었다.

[가족은 잘 지낼 거요. 부탁하오.]

쪽지에 적힌 글은 그게 다였다.

해석하기에 따라 다소 애매한 메시지다. 그러나 우치무라는 그게 무슨 뜻인지 단박에 알아챘다.

'이런 미친 자식들…….'

가족을 볼모로 잡고 있으니 나라를 위해 죽으란 뜻으로 해석한 우치무라는 식은땀이 흐르는 것을 느낄 수 있었다. 이런 일은 영화 속에서나 일어나는 줄 알았다.

그런데 자신에게 죽음을 강요하다니…….

일단 쪽지는 씹어서 삼켰다.

부산 해군작전사령부에서 조사관을 보낸다고 기다리

는 중이었다. 우치무라는 쪽지를 받은 이후로 멍한 표정으로 넋을 잃은 사람으로 변했다. 조사관이 도착하고 심문이 시작되었으나 우치무라는 침묵으로 일관했다.

우치무라의 자살 소식을 기다리던 내각조사실 요원은 우치무라가 먹을 밥에 청산가리를 섞어서 보냈다. 밥을 제공하는 식당에 약간의 돈을 주고 중간에 가로채서 밥에 청산가리를 타서 조사실로 들여보냈다.

애초에 이런 일이 가능한 것은 설마 이런 일이 일어날 거라곤 예측하기도 힘들기 때문이다. 한마디로 상식의 틈을 이용해서 내각조사실 요원이 움직인 거다.

미리 알아도 지켜내기는 힘들었을 것이다. 이런 일을 예측했다면 울릉도가 아니라 부산으로 예인해 갔을 것이다. 울릉도로 예인해 갔다는 것 자체가 사과의 뜻만 내비쳐도 돌려주겠다는 거였다. 그러나 일본은 스스로 일을 어렵게 만들었다.

사실 전쟁을 일으킬 것이 아니라면 이런 일은 다 가치 없는 일이기 때문이다.

"끄윽!"
목이 타들어 가는 느낌을 받는 순간 경련이 시작되었다. 불과 몇 초에 불과한 찰나의 시간 우치무라는 자기 인생이 뇌를 스쳐 지나가는 것을 느꼈다.

'빌어먹을…….'

그게 그가 속으로 남긴 마지막 한마디였다.

"어?"

"한 대위님! 저기 이상한데요?"

"뭐? 이런 씨X!"

후다닥!

이면 유리 너머로 보이는 우치무라의 경련을 확인한 조사관이 급하게 달려 들어갔다. 하지만 이미 숨이 꼴딱 넘어가는 도중이라 그를 살릴 방법은 없었다.

종합병원이 바로 옆이어도 살리기 힘든데 여기는 동네 의원이 전부인 울릉도였다.

"젠장!"

"죽었습니까?"

"이 밥 어디서 배달한 거야?"

"도동 식당입니다."

"가서 식당 사장 잡아 와."

"알겠습니다."

급하게 군 수사관이 도동 식당에 도착했지만, 거기엔 차마 눈으로 보기 힘들 정도로 참극이 벌어져 있었다.

"이게 무슨……."

우웩!

두 명의 조사관 중 계급이 낮은 중사가 입을 틀어막고

구토할 정도로 참혹하여 주민들이 볼까 겁날 정도였다.

"김 중사! 정신 차려."

"죄, 죄송합니다. 이렇게 심한 건 처음이라…….."

"지원팀 부르고 현장 폐쇄부터 하자고."

"알겠습니다."

우치무라 함장이 독살된 다음 날 주한 일본 대사가 청와대로 항의 방문했다. 그러나 대통령은 일정상 만나지 못하고 노일재 외교부 장관을 독대했다.

"울릉도에서 일어난 일을 들으셨습니까?"

"물론입니다."

이상하다.

요시다 대사는 느낌이 쎄한 것을 느낄 수 있었다.

'당황해도 시원치 않을 판에 저 반응은 뭐지?'

자기가 아는 노일재 장관이라면 이러지 말아야 한다. 최소한 놀라고 억울한 표정을 짓다가 종국엔 미안하다면서 싹싹 빌어야 했다. 그런데 오늘 노일재 장관은 '그게 뭐?' 하는 표정이다.

"아니 알면서도 이런단 말입니까?"

"그런데 말입니다."

"뭐가 그런데 입니까?"

"언론엔 엠바고를 걸어둔 상태고 바로 어제 울릉도에서 일어난 일을 어떻게 아셨습니까?"

중요한 쟁점까지는 아니어도 노일재 장관 입장에서는 충분히 지적할 만한 부분이었다. 그러나 예상했듯이 요시다 대사는 그게 뭐가 중요하냐면서 일축하려고 했다.

"당연히 중요한 일이죠. 설마 울릉도까지 내각조사실 요원을 심어둔 겁니까?"

"난 모르는 일입니다. 본국 연락을 받고 항의하러 방문한 것뿐이니까요."

"그럼 항의만 하고 가세요."

"뭐라구요?"

"항의하고 가시라고 했습니다만 그게 이상합니까? 아니면 제가 하는 일본어가 발음이 이상합니까? 대사님 영어 발음이 하도 알아듣기 어려워서 제가 일본어까지 배웠는데 실망이군요."

노일재 장관의 발언을 단어 하나로 정리하자면 조롱이란 단어가 어울렸다.

실제로 요시다 대사도 조롱당했다는 느낌을 받고 있었다.

"이러고도 무사할 줄 알고 이러는 겁니까?"

"글쎄요. 순리대로 흘러가지 않겠습니까?"

"두고 봅시다."

"두고 보자는 사람 하나도 무섭지 않습니다. 어디 마음대로 해보세요."

노일재 장관은 뭘 알고 이러는 것이 아니라 대통령 부탁으로 연기를 하고 있었다.

'후~ 뭔지 모르지만 속은 후련하네.'

요시다 대사의 똥 씹은 얼굴을 보니 10년 묵은 체증이 확 뚫리는 느낌이 들어서 좋았다.

          *   *   *

일주일이 빠르게 흘러갔고, 한보현 청와대 비서실장이 날 찾아왔다.

"상당히 심각한 상황입니다."

"무슨 일인데 그러십니까?"

"일본에서 수출 규제를 할 움직임을 보이고 있습니다."

"그 정도는 예상했던 일입니다."

"일이 이렇게 급박하게 흘러갈 줄 몰랐는데… 아무래도 무라까와 총리가 작정하고 꾸민 음모에 말려든 모양새입니다."

"수출 규제 품목 범위를 아십니까?"

"전문가들 예상으로는 반도체 생산에 필요한 소재와 부품 쪽이 되지 않을까 하고 예상하고 있습니다."

작년까지만 해도 나와 우리 형제는 정부와 무관한 사람

이었다.

그런데 작정하고 드러낸 순간부터 불가역적으로 이런 위치가 되도록 시간이 흘러왔다.

'이런 걸 두고 격세지감이라고 하던가?'

얼마 되지 않은 사이에 중요한 인물로 급부상한 것이 개인적으론 몹시 신기해서 해본 생각이다.

"반도체뿐입니까?"

"아무래도 가장 민감하고 타격이 크니까요. 당장은 그렇게 시작해서 우리 반응을 볼 겁니다."

"뭐 어느 정도는 예상했던 일입니다. 그럼 우리 정부 대응은 어떻게 하게 될까요?"

"경제적으로 타격이 클 겁니다. 자칫 국가 신용도에 문제라도 생긴다면 일본은 이때다 싶어서 추가 압박을 해올 겁니다."

"반도체 소재와 부품이라면 걱정하지 않아도 됩니다."

"네?"

"생산량이 빠듯하기는 하겠지만 기업 보유분을 고려하면 충분히 대응할 수 있을 겁니다."

"국산화를 말씀하시는 겁니까?"

"그렇습니다."

갑자기 국산화라니 의아한 눈빛이다. 전후 사정을 모르니 당연한 거지만 청와대 비서실장 자리에 앉아 있으면서 이런 정보력이라니…….

실망감이 드는 것도 사실이다.

"국산화에 걸리는 시간이 상당할 텐데 기업이 보유한 재고가 떨어지면… 어휴, 상상하기도 싫습니다."

"소재와 부품은 이미 국산화가 끝났습니다."

"…말도 안 됩니다. 제가 아는 한 국내 기술로는 향후 10년 안에도 어림없는 일이라 알고 있습니다."

"WT반도체 김포 단지 내부에 필요한 소재 생산이 가능하니까 걱정하지 않으셔도 됩니다. 오히려 수출 규제에 대응해서 어떤 카드를 쓸지 그것을 고민하는 것이 나을 겁니다."

"저, 정말 김포 단지에서 모든 것이 가능한 겁니까?"

이런 의문은 너무도 당연한 반응이다.

그러나 그는 알고 있을까?

WT 김포 반도체 단지가 하나의 거대한 특허 왕국이란 걸 말이다.

그러나 당장 특허 신청이 이루어지고 있지는 않았다. 그만큼 진일보한 공정들로 이루어진 공장들이라 남이 흉내 낼 수 있는 수준이 아니기 때문이다.

"물론입니다. 이런 일이 벌어질 것 같아서 그룹 차원에서 이미 국내 반도체 제조업체들과 협의 중에 있으니까 천천히 확인해 보세요."

"그렇다면 정말 다행이군요."

"이왕 오셨으니 한 가지 요청드릴 일이 있습니다."

내가 북한에 가서 김종은 위원장을 만나는 일은 어차피 개인적으로 하긴 어려운 일이다.

러시아 중재를 통해 만들어질 자리긴 하지만, 청와대도 알고 있어야 했다.

해서 한보현 비서실장에게 통보하는 거였다.

"무엇이길래?"

"그러니까……."

"방북하겠다는 겁니까?"

"네. 러시아 대통령 소개로 만날 예정이니까 모른 척하고 계시라고 전해주세요."

"방북 목적이 무엇입니까?"

"다 정부를 돕기 위한 일입니다. 미국이 해야 할 일과 우리 정부에서 해야 할 일에 대한 사전 포석 정도로 생각하시면 편하실 겁니다."

"이렇게까지 하시는 이유가 궁금합니다."

정치에 나서는 것도 아니고 첨단 기술을 제공하면서 주도권을 쥐어버린 내가 껄끄러운지 이유를 물었다.

"하나만 말씀드리죠. 전 일본에 원한이 아주 많습니다."

"하지만 지금 하시는 일들은 국가가 해야 하는 일들입니다."

"싫다면 언제든 말씀하세요. 전 한국을 떠나도 그만입니다. 참, 제 국적은 아시죠?"

끄응.

한보현은 앓는 소리를 냈다.

그도 그럴 것이 이런 상황에서 내가 한국을 떠난다면 누구보다 곤란해지는 것이 대통령과 그 측근들이다. 울릉도 일도 그렇게 내가 미국에 제안한 그 모든 것들이 일순간에 물거품이 되기 때문이다.

"한국을 떠나면 미국으로 갈 생각이십니까?"

"제겐 자치령이 두 곳이나 있습니다. 여차하면 국가를 선포해도 그만이죠. 뭐, 분쟁이야 조금 있겠지만 우리 형제가 가진 첨단 기술이라면 능히 빅딜이 가능하지 않겠습니까?"

"외통수군요."

"외통수가 아니라 강력한 우군을 만난 겁니다. 다만 제가 부드럽지를 못하니 그건 양해 바랍니다."

군인 출신이라 정치적 발언에 익숙하지 않음을 말하는 거였다.

한보현 실장이 어떻게 받아들일지 모르겠다.

아무튼 난 상관없었다.

"끝까지 협조해 주기는 하실 겁니까?"

"먼저 배신하지 않으면 무조건 협조할 생각입니다. 그리고 김종은 위원장과 대화가 잘되면 돌아와서 대통령님께 보고 드리고 앞일을 상의하겠습니다."

"그렇게 말씀드리겠습니다."

* * *

한보현 실장이 다녀가고 며칠 뒤 일본은 반도체 소재와 관련해서 수출 규제를 선언했다.

본래 이 일은 20년 뒤에나 일어나는 일이었다. 그런데 나와 우리 형제가 개입함으로 인해서 1998년 여름에 일어나게 되었다. 수출 규제가 단행되자 제일 먼저 고병섭이 제일 먼저 나를 찾아왔다.

그날이 모스크바에 가기 하루 전이었다.

"재고 확보를 서둘러서 1년 치는 확보했네. 김포 단지에서 국산화 소재를 생산한다고 해서 걱정 반 기대 반이네. 반도체 3사가 사용해도 될 정도인가?"

"그 정도 양은 안 될 겁니다."

"응? 그럼 문제가 아닌가?"

"1년이란 시간이 있으니 국산화 하시면 되죠."

"그게 어디 쉽냐는 말일세."

"합당한 가격에 기술 이전 하겠습니다."

"정말인가?"

기술 이전 하겠단 말에 고병섭 회장 얼굴이 환해졌다가 다시 어두워졌다. 이건 일부 언론에서도 지적한 바가 있었다. 말로만 떠들지 실제로 내놓은 것이 뭐가 있느냔 거였다.

고병섭 회장도 스마트폰 기술을 이전받았지만, 반도체는 또 다른 영역이라 100% 신뢰하기가 난감했다.

"물론입니다. 노파심에서 미리 말씀드리는데 저것들이 헛소리하는 것이 아닌가? 하고 걱정이 되신다면 그건 기우라는 것을 미리 말씀드리겠습니다."

"허허허! 내 머릿속에 들어갔다 왔나 보구만."

"아무튼 걱정마세요. 세부적인 건 실무진더러 협의하라고 하고 회장님 활약상 좀 말씀해주십시오."

"내 활약상?"

"네. 요즘 포항에 자주 다녀오신 거 알고 있습니다."

"허허허! 귀신을 속여도 자넨 못 속이겠군."

"피스코는 협조적입니까?"

"물론이지. 입지가 문제긴 하겠지만 이미 어디가 좋을지 내심 검토도 하고 있는 모양이야."

"그렇다면 다행이군요."

"그런데 말이야. 자네가 협조하는 그룹에 기술을 넘겨

준다는 걸 알고서 기대하는 눈친데 피스코엔 뭐 전달해
줄 기술이 없나?"

어떻게 보면 가장 많은 혜택을 볼 수 있는 곳이 피스코
다.

WT가 직접 제철소를 건설할 수도 있는 노릇이다.

미래에서 왔다는 이유로 피스코의 노력을 무시할 생각
은 없었다.

콕 집어 지적할 만한 내용이 없는 건 아니지만, 어찌되
었건 산업의 쌀이라는 철강 생산을 위해 피스코는 많은
노력을 해왔으니까.

"물론 있습니다. 진행 상황 봐서 포항에 한 번 찾아가
겠습니다."

"다행이군."

"그리고 실무 관련해서는 오세희 회장과 미리 상의하
시는 것이 좋을 겁니다. 기술 이전 관련해서 계약 사항까
지 제가 관여하는 월권 행위라서요."

"무슨 얘긴지 알겠네."

"아! 한 가지 부탁이 있습니다."

"부탁? 허허허! 자네가 부탁이라고 할 만한 일이 뭐가
있을까? 궁금하군. 말해보게."

"용데그룹 말입니다."

용데그룹은 불매운동으로 힘든 나날을 보내다가 외환

위기로 치명타를 맞았다. 그래도 맷집이 있다 보니 출혈 경쟁을 하면서 버티고는 있는데 여러모로 위기를 겪는 중이다.

"갑자기 용데그룹은 왜?"

"어렵다고 들었는데 이참에 한국에서 철수하도록 끝장을 내주셨으면 해서요."

"출혈 경쟁이라도 하라는 건가?"

"뭐든 좋습니다. 잘 마무리되면 제가 후회하지 않으실 선물 하나 정도는 드리겠습니다. 피해 규모가 크더라도 그것을 커버하고도 남을 정도로 말입니다."

"크흠. 하여간, 자네는 이게 문제야. 반박할 틈을 안 주니 말이야."

"칭찬으로 듣겠습니다."

"허허허! 알았네. 알았어."

오성과 용데는 겹치는 사업이 별로 없다. 각자의 영역에서 구축한 것이 있다 보니 겹치는 부분도 선의의 경쟁을 할 뿐이었다. 그런데 내가 용데그룹을 한국에서 몰아내 달라고 했으니 어떻게 할지 두고 볼 일이다.

'고병섭 회장이 작정하고 나서기로 했으니 용데는 조만간 끝장난다고 보면 되겠군.'

내가 이렇게 생각하는 건 괜한 추측이 아니다.

재계 순위 차이는 1위와 5위여도 고병섭 회장의 입지

와 백희동 회장의 입장은 천양지차이니까.

조금 나중에 벌어지는 일이지만, 내가 고병섭 회장을
만나고 얼마 지나지 않아서 용데그룹에 전방위 압박이
벌어졌다.

모스크바 그 사람

어렵사리 자리가 만들어져서 모스크바로 날아왔다.

사실 앨친 대통령 시대는 1999년까지다. 불과 1년 정도밖에 남지 않아서 고민되는 부분도 있기는 했는데 중요한 시기라 그 1년도 아까워서 앨친 대통령을 만나기로 했다.

"초면에 미안하긴 한데 강 대표 뒷조사를 좀 했습니다."

"이해하니까 신경 쓰지 마십시오."

"아시겠지만 난 하는 일이 많아 바쁜 사람입니다. 날 만나자고 한 이유를 들어볼까요?"

이 순간 살짝 의문이 들었다.

'아테나에 대해 모르고 있나?'

그렇다면 러시아 내각에 문제가 있는 것이고, 만약 알고서도 이런 식으로 말하는 거라면 심계가 대단한 사람인 것이다.

"그 전에 먼저 아테나 전술 체계에 대해서 보고 받으셨는지 알고 싶습니다."

흠칫 놀라는 표정이다.

그럼 그렇지.

서울에 FSB 요원들이 들어와 있는데 앨친 대통령이 모른다는 건 말이 안 되는 일이다.

"…뭐, 좋습니다. 그렇게 솔직하게 나오니 나도 모른 척하기 힘들겠군요. 보고 받았습니다. 그래서 만들어진 자리기도 하구요. 그런데 미국과 동맹이라 우리 러시아와는 기술 공유가 어려울 텐데 하고 싶은 이야기가 뭔지 말씀해 보세요."

"그럼 제가 온 목적부터 말씀드리죠."

"나도 그게 편합니다."

"북한 김종은 위원장을 만나고 싶습니다. 명분을 만들어주십시오."

"그런 일이라면 북경에 갔어야 하는 거 아닙니까?"

"제안드릴 일도 있고 해서 겸사겸사해서 온 겁니다. 대통령님도 충분히 할 수 있는 일이구요.”

“왜 만나려는 겁니까?”

약간의 억지가 있다는 건 나도 안다.

북한이 중국과 더 가깝고 북경과 모스크바 거리가 어마어마하니까.

“이유는 간단합니다. 한국과 북한은 가까워져야 할 하나의 민족이 갈라진 나라니까요. 그래서 경제특구를 만들고 철도를 연결하기 위해서입니다.”

“철도라면 시베리아 횡단 철도까지 연결하겠다는 겁니까?”

“그렇습니다. 그리고 일반 철도가 아니라 초고속 열차를 건설할 생각입니다. 루프 스테이션이란 초고속 열차고 완공이 되면 시속 1,350km로 달리는…….”

루프 스테이션 개념과 완공되면 얼마나 빨리 달릴 수 있는지를 설명했다. 그러나 여기서 맹점은 그걸 믿느냐는 것이다.

“시속 1,350km로 달리는 열차라고 했습니까?”

“믿기 힘드시겠지만 그렇습니다.”

“하지만 지금까지는 모두 말뿐인데 증거를 봐야 믿을 수 있겠는데…….”

“당장 보여드릴 증거는 없지만 기차가 연결된다면 러시아에도 좋은 일 아니겠습니까?”

시베리아 횡단 철도가 연결될 경우 경제성에 대해선 이미 검증된 것이나 다름없어서 두말하면 잔소리일 정도다.

"그렇긴 한데 산적해 있는 문제가 많은데 강 대표가 평양에 간다고 쉽게 바뀌겠습니까?"

"되게 만들 겁니다."

나는 자신감 있게 말했다.

"너무 막연하군요. 난 눈으로 보이는 것만 믿는 사람입니다."

"정 뭐하면 돈을 믿으시죠. 철도 연결이 실패한다 해도 제가 속한 기업에서 러시아에 대대적인 투자를 하게 될 것입니다."

러시아는 충분히 투자할 가치가 있는 곳이다. 이건 내가 먼저 말을 꺼낸 것도 아니고 오세희 회장이 러시아 투자를 계획하고 있어서 하는 말이기도 했다.

"너무 추상적입니다. 구체적인 숫자로 말해주시죠."

"최소 100억 달러 규모입니다."

"…으음."

다른 걸 떠나서 러시아는 해외 투자가 절실하게 필요했다. 그리고 김종은 위원장과 자리 한 번 만들어주는 대가로는 차고도 넘쳤다. 광대한 땅과 넘치는 자원을 가졌지만, 상대적으로 경제발전은 더디기만 하고 돈 들어갈 곳

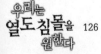

은 많았다. 그래서 항상 돈이 아쉬웠는데, 자그마치 100억 달러 규모의 투자를 하겠단다.

돈에 혹하는 모습을 보여주기엔 자존심이 상할 것이다. 그러나 임기가 얼마 남지 않았어도 이 제안은 거절하기 힘들다는 걸 스스로도 알고 있었다.

"좋습니다. 이참에 함께 평양을 방문해보는 것이 어떻겠습니까?"

"그렇게 해주신다면 더할 나위 없겠습니다."

"하하하! 그럼 추진해봅시다."

북한에 국빈 방문이 가능한 나라는 그리 많지 않았다.

언뜻 생각해도 중국이나 러시아 외에는 다른 나라 이름이 떠오르지 않을 정도였으니 말이다.

* * *

내가 모스크바에 있는 사이.

서울에서는 청룡이 바쁘게 움직이고 있었다. 다름 아니라 오성, 대연, 세화그룹 수장을 만나러 다니면서 또 다른 일을 추진했다. 세 그룹은 재계 순위 5위 이내에 올라 대한민국 경제를 이끌어가는 대장들이었다.

그리고 공통적으로 방산 업체를 가지고 있기도 했다. 전함, 잠수함은 물론이고 전차와 자주포, 미사일까지 이

세 그룹이 가진 방산 업체에서 만들어지는 것이다. 국가 방위에 이 세 그룹을 빼놓고 논의할 수 없을 정도로 많은 부분을 관여하고 있다는 뜻이었다. 해서 청와대뿐만 아니라 어떤 정치인도 무시하지 않는다.

"이게 무엇인가?"

고병섭 회장은 갑자기 청룡이 찾아와서 놀라기도 하고 궁금하기도 했다.

"미사일 관련 기술 자료입니다."

"……."

놀랐는지 입술이 살짝 벌어진 채로 뭐라 말이 없다.

"놀라셨습니까?"

"너무 갑작스러워서 말이네."

"형님께서 모스크바에 가시면서 부탁한 겁니다. 회장님께 미사일 관련 자료를 넘기고 하루라도 빨리 생산할 수 있도록 도와드리라고 하더군요."

"갑자기 미사일은 왜?"

"한 세대를 뛰어넘는 미사일 관련 기술입니다. 동해에서 일본 해상보안청 순시선과 문제가 있었던 것은 알고 계실 겁니다."

"그래서?"

"이번엔 순시선이지만 다음엔 해상자위대 전함이 되지 말라는 법이 없다는 뜻입니다. 그래서 미사일 사거리 제

한도 철폐된 이상 새로운 미사일을 만들어내야 하지 않겠습니까?"

"그걸 우리더라 하란 말인가?"

"그렇습니다. 저희가 해도 되지만 지금은 시간을 절약해야 할 때라서 기반 시설을 갖춘 오성탈레스가 나서줬으면 하는 겁니다."

오성그룹이 가진 방산 업체가 바로 오성탈레스다. 이미 국방부와 방위사업청에서 오성탈레스와 미사일 관련 계약이 체결돼 있었다. 새로운 미사일을 개발한다면 오성탈레스가 맨 처음 거론되는 곳이었다.

"우리야 마다할 이유가 없네만 자네도 알다시피 미사일 개발은 방위사업청에서 나서줘야 하는 일이네."

"이런 일은 반대로 해도 되지 않겠습니까?"

"내가 먼저 방위사업청을 찾아가란 말인가?"

"그렇습니다. 저희가 제공하는 기술엔 초음속 미사일, 대륙간 탄도탄을 비롯해 여러 미사일 기술을 국산화할 수 있을 겁니다."

"허허허! 이젠 놀랍지도 않군. 그렇다면 반대로 그쪽에서 원하는 걸 말해보게."

"저희가 따로 원하는 건 없습니다. 얻는 만큼 베풀어주시면 됩니다."

"사회사업을 말하는 것인가?"

대기업치고 재단 없는 곳이 없다. 그러나 이게 사회사업을 위한 것이기보다는 명목상 체면을 차리기 위함이었다. 돈세탁을 위해 악용되다 보니 대다수의 사람들에게 인식이 그리 좋지 못했다. 그래서 실질적으로 도움이 되는 일을 하라는 거였다.

생색내는 수준이 아니라 진정한 의미에서의 상생을 하라는 거였다.

"이를테면 그렇습니다. 사회사업도 사업이지만 오성그룹과 관련된 수많은 협력 업체와 상생하길 바랍니다."

대기업들의 고질적인 문제가 바로 이런 부분이다. 물건을 많이 팔아서 수익을 내야 하는데, 조금이라도 매출이 떨어지면 협력 업체부터 압박하는 거다.

단가 인하는 기본이고 납품 대금을 어음으로 발행하는 거였다. 그런데 3개월 어음은 양반이고 6개월을 넘어 9개월짜리도 허다했다. 협력 업체가 살아야 대기업도 사는 거다.

그런데 인식이 반대로 돼 있었다. 대기업이 우선 살아야 하고, 이익을 남긴 이후에나 넘치는 것을 받아먹어야 한다는 논리인 것이다.

"어려운 말을 하는군."

"오성그룹쯤 되면 일반 기업들과는 다르지 않겠습니까? 그래서 조금이라도 가치가 있다면 망할 기업이라도

공적자금까지 투입하면서 살리고 보잖습니까?"

말이 공적자금이지 이건 순전히 국민이 낸 세금으로 지들 살려주는 거다.

망할 기업은 망해야 하는 거다.

돈이 될 때는 그룹 계열사들이 가져가지 못해서 난리를 피우면서, 막상 어느 한 계열사가 어려워지면 다른 계열사들 부실까지 떠안겨서 일부러 망가트리는 거다.

그럼 수천 명이나 되는 직원들 그리고 그 직원들 가족을 살리기 위해서 나라에서는 공적 자금을 투입하게 된다. 중소기업이 망하면 거들떠보지도 않으면서 말이다.

청룡이 말하는 것은 이런 의미가 담겨 있었다.

그러나 시대적으로 보자면 아직 보편적인 생각이라고 보긴 어려웠다. 심지어 지금은 외환위기를 겪는 중이니 정부도 대기업이나 신경 쓰지, 중소기업까지 신경 쓸 여력이 부족했다.

"어려운 얘기군."

"어렵지만 재계에서 막대한 영향력을 행사하시는 회장님이 나서주신다면 달라지지 않겠습니까?"

"참 알다가도 모르겠군. 무슨 소리 하는지는 알겠어. 하지만 말이야. 기업은 이윤을 위해 움직이는 집단이네. 나 또한 남들 돕자고 사업하는 것이 아니라서 자네 형제들을 이해하기가 어려워. 이렇게 헐값에 첨단 기술을 넘기는 이유가 뭔가?"

"당장은 뭐라 말씀드리기 어렵고, 나중에 알게 되실 겁니다."

"크흠… 그렇게 말하면 어쩔 수 없지. …일단 알겠네."

"대신 올해가 가기 전에 양산 준비가 되도록 부탁드립니다."

무기가 비싼 이유는 개발 비용 때문이었다.

미사일도 마찬가지다. 단위 자체가 다른 개발비용이 들어가는 관계로 미사일 한 발에 10억은 넘는 것도 많고 심지어 100억 대가 넘어가는 미사일도 적지 않았다.

그런데 개발 과정이 무시된 미사일 가격은 어떻게 산정해야 할까?

그 외에도 문제가 많은데 미사일은 자체적으로 재고 비축을 위해 생산할 수 없다는 점이다.

그럼에도 청룡이 이렇게 말하는 것은 나머진 다 알아서 하라는 뜻이었다.

"빠듯하긴 하지만 설계가 완벽하다면 못 할 것도 없겠지. 하지만 이리 서두르는 이유가 뭔가?"

"유비무환이란 말이 있으니 미리 대비하는 것뿐입니다. 더 자세한 것은 백호 형님께서 조만간 말씀드릴 겁니다."

"알겠네."

* * *

 오성엔 미사일을 기술을 건네고 세화엔 차세대 자주포 기술.

 그리고 대연자동차엔 3세대 전차 기술을 넘겼다.

 물론 거저 준 것은 아니고 받아낼 것들은 받아냈고, 고병섭 회장에게 요구한 것처럼 원하는 것도 밝혔다. 또한 WT조선소에는 아테나 체계를 탑재한 전함과 원자력 잠수함을 능가하는 스텔스 잠수함을 건조하기로 했다.

 문제는 예산이었다.

 미사일까지는 국방부 예산으로 어떻게든 감당해본다고 하지만 구축함과 잠수함은 다른 문제였다. 첨단 기술이 탑재된 구축함은 한 척당 1조 원이 넘는 돈이 들어간다.

 하물며 잠수함은 또 어떻겠는가?

 그런데 이런 대형 사업을 한꺼번에 추진한다는 건 지금 한국 사정상 불가능에 가까웠다. 하지만 WT그룹이 기부하는 형식으로 이루어질 것이고, 전부는 아니어도 어느 정도는 세제 감면 혜택을 받기로 했다.

 한편 한국과 일본은 치열한 외교전을 벌이고 있었다.

외부 시선으로만 보자면 누구 말이 옳은지 헷갈릴 정도로 공방을 벌이고 있었다.

여기서 핵심은 일본 해상보안청 소속의 순시선이 울릉도로 예인되었다는 것과 우치무라 함장이 독극물에 의해 독살 당했다는 것이다.

한국 정부는 순시선이 고장 나기도 했고, 영해를 침범한 이유를 들어 인도적인 차원에서 예인했다고 주장했다. 하지만 일본은 한국 해군이 함포 사격을 하고 겁을 줘서 나포했다고 주장하면서 사실을 날조했다.

심지어 증거 영상과 사진을 토대로 다큐멘터리까지 만들어서 영상을 내보냈는데도 국제 여론은 한국이 마냥 옳다고 지지해주지는 않았다. 다른 건 몰라도 이런 시국에 미국이 어떻게 대응하느냐가 중요했다.

그런데 어느 쪽 편을 든다고 보기엔 반응이 좀 애매했다.

"이러기엔 애매한 시국인데 한일 관계가 극으로 치닫고 있는데 어떻게 했으면 좋겠나?"

버트너 대통령은 임기가 1년 조금 넘게 남아 있었다.

레임덕이 이미 시작돼서 그런지 선택적인 상황에서 우유부단함을 보여주고 있었다.

그런 와중에서도 한일 관계가 악화되는 것은 심각한 문제라서 보좌진에게 의견을 묻는 거였다.

"지금은 우리가 나서기 곤란한 상황입니다. 조금 더 지켜보시는 것이 어떻겠습니까?"

"먼로 실장, 지금이 어떤 상황인지는 아는가?"

"물론입니다. 하지만 한국이 첨단 기술을 가지고 우리와의 협상에서 우위에 있다고는 하지만 굳이 어느 쪽 편을 들 필요는 없을 것 같습니다. 무엇보다 아테나 전술 체계는 아직 실체가 드러나지 않은 기술입니다."

"그렇다고 두고 보고만 있기엔 상황이 꽤 심각한 거 아닌가?"

"무력 충돌이 일어나지 않게 하고 조금 더 지켜봤으면 합니다. 그리고 되도록 중요한 결정은 다음 대통령에게 넘기시는 것이 어떻겠습니까?"

"먼로 실장! 내 임기는 아직 1년 1반이 넘게 남았어."

비서실장인 먼로의 대답이 마음에 들지 않았다. 자기 성격을 알고 하는 소리지만 스스로 그리 생각하는 것과 남이 하는 얘기를 듣는 것은 천양지차였다.

"전 단지 제 의견을 말씀드린 것뿐입니다. 언제나 그렇지만 결정은 대통령님 몫이죠."

끄응.

"자네도 슬슬 나를 벗어날 생각을 하는 모양이군."

"그럴 리가요."

"그게 아니라면 남은 기간 임기 동안 조금 더 적극적으로 일해 보는 건 어떤가?"

"조금 달라지신 거 같은데… 갑자기 이러시는 이유가
뭡니까?"

"그게 말이지. 내가 곰곰이 생각을 해봤는데 아직 얻을
수 있는 게 있을 것 같아서 말이야. 특히 이런 국가 간 거
래엔 많은 돈이 오고 가지 않겠나?"

"거기 제 몫도 있는 겁니까?"

"그거야 자네 하기 나름이지. 내가 아는 건 일하지 않
으면 대가도 없다는 거야."

제이슨 먼로는 연임에 성공해서 6년 넘게 대통령으로
재임하는 동안 늘 함께 일했던 비서실장이다. 그럼에도
이들 사이는 예전과 같지 않았다. 6년이 흐르는 동안 많
은 것이 변했기 때문이다. 그리고 둘 사이엔 누구도 모르
는 여자 문제가 있었다. 그러니까 이 둘 사이가 틈이 벌
어지게 된 계기가 바로 여자였던 것이다.

"좋습니다. 그럼 제시카 일은 나중으로 미뤄두는 것은
어떻겠습니까?"

"내가 먼저 말하고 싶었던 부분이야."

"오랜만에 솜씨를 발휘해 봐야겠군요."

"어떻게 할 생각인가?"

"아테나 전술 체계도 그렇고 6세대 전투기 역시 국방부
인력만으론 기술 이전이 불가능합니다. 대통령님은 한

국 정부를 압박해 주십시오. 전 로키드와 노잉을 끌어들이겠습니다."

"좋은 생각이군."

"그럼 각자 할 일을 하죠."

"한 가지만 더."

"말씀하시죠."

돈을 위해 의기투합하기는 했는데 버트너 대통령에겐 걱정이 남아 있었다. 그것은 한국 정부가, 아니, 정확하게는 기술을 가진 쪽에서 미국 기업을 원하지 않는다는 거다.

"한국 정부를 압박하는 건 어렵지 않지만 키를 쥐고 있는 강백호 대표가 어떻게 나오느냐에 따라 달라진다는 거야."

"…으음. 제가 방법을 찾아보겠습니다."

"그리 알고 기다리겠네."

*   *   *

앨친 대통령의 연락을 기다리는 동안 나는 한국으로 돌아왔고, 수진을 만났다.

그런데 수진은 뜻밖의 얘기를 꺼냈다.

"미안해요. 이런 얘기를 꺼내서."

"버트너 대통령이 이렇게 치사하게 나올 줄 몰랐습니다. 뭐라도 할 것 같다는 생각은 하고 있었는데… 수진 씨 아버님을 끌어들일 줄은 상상도 못 했습니다."

자세한 내막은 알 수 없지만, 결국엔 미국 대통령이 관여했을 거라는 것이 내 생각이다.

"제이슨 먼로 실장이 직접 전화를 했었나 봐요. 말로는 도와달라고 했지만 사실상 협박이었을 거예요."

"그랬겠죠."

마나우스 사건 이후로 우리 사이는 전과는 달라져 있었다. 그런데 이런 일이 또 일어났으니 수진도 그렇고 나도 어제와 같을 순 없었다. 그리고 나보다 수진이 먼저 선을 그었다.

"그래서 말인데 아무래도 불안해서 안 되겠어요."

"부모님 걱정 때문에요?"

"네. 전 뉴욕으로 돌아갈게요. 오 회장님껜 이미 말씀드렸고 일주일 뒤에 돌아갈 생각이에요. 일방적으로 통보하듯이 말해서 미안해요."

"아닙니다. 충분히 이해합니다. 가족이 먼저죠."

과거 기억이 없고 고아라고 알고 있으니 수진의 마음을 이해 못 하는 것도 아니었다. 하지만 나랑 상의하지 않고 혼자 결정 내린 것에 대해서는 섭섭했다.

"이해해줘서 고마워요."

연인으로서 수진과의 관계는 이렇게 끝났다. 씁쓸한 기분에 며칠 우울하게 보내긴 했지만, 일본과 전쟁을 해야 한다는 절대 명제를 가지고 있는 나로선 차라리 잘됐다고 스스로 위안했다.

별로 도움이 되진 않았지만…….

차츰 거리가 멀어지고 있어서 그런지 이별의 아픔이 그리 오래가지는 않았다.

"형님, 로키드와 노잉은 어떻게 하시겠습니까?"

"기술 공유를 하겠다고 했으니 허용해 줘야지. 대신 로키드와 노잉이 우리 군에게 했던 것보다 더 까다로운 조건으로 계약해."

"그럴게요."

가족이 될 뻔한 사람을 볼모로 내건 조건이라 로키드와 노잉을 받아들이기로 했다.

그 대신 우리 군이 겪었던 굴욕보다 더한 것을 선사해 줄 생각이다.

"다른 문제는 없고?"

"조금 전에 뉴스로 보도됐는데 세화 해운 선적의 컨테이너선 한 척이 후쿠오카에 억류 되었답니다."

"이유가 뭔데?"

"마약 밀수 제보를 받았답니다. 실제로 10kg의 마약이 발견되기도 했구요."

"놈들이 꾸민 짓이겠군. 울릉도에서 일어난 일에 대한 복수일까?"

"아마도요. 뉴스를 보니까…….."

이건 누가 봐도 복수였다.

수출 규제를 발표하더니 급기야 한국 기업이 소유한 대형 선박까지 억류한 것이다. 그것도 말도 안 되는 마약 밀매란 음모를 꾸미면서 말이다.

이건 억지나 다름없는 일이다.

삼류 양아치도 아니고 글로벌 기업으로 거듭나고 있는 세화그룹에서 겨우 10㎏의 마약 밀매라니 이건 말이 안 되는 거다. 물론 일부 선원들이 마약 조직에 엮여서 그런 일을 벌일 수도 있었다.

하지만 200미터가 넘는 대형 선박에서 10㎏의 마약을 찾아냈다는 것은 코미디나 마찬가지다. 그것도 수색을 시작한 지 한 시간 만에 찾아냈단다.

"선원들은?"

"지네 나라에서 벌어진 일이니 구속한 상태로 재판을 받게 하겠답니다."

"한국과 미국이 자기들보다 가까워지고 있으니 판을 흔들어보겠다는 것 같은데… 고작 이런 일을 벌이다니 어처구니가 없군."

"겁을 주는 건 어떨까요?"

"무라까와 총리에게 겁을 주자는 말이냐?"

"네."

"방법은?"

"직접적인 방법과 간접적인 방법이 있습니다. 그러니까……."

청룡이 말하는 직접적인 방법은 드론을 보내서 의전 차량을 폭발시켜서 겁을 주자는 거였고, 간접적인 방법은 사생활을 도감청해서 약점을 찾아낸 다음 이용하자는 거였다.

"시간 걸리는 일 말고 직접적인 방법으로 가자."

"그럼 제가 다녀올까요?"

"아니야. 일단 경고부터 해주고 일을 벌여야지. 언제든 죽을 수 있다는 공포심을 선사해야 하지 않겠어?"

"어쩌시려구요?"

"내가 다녀와야겠다."

"무라까와 총리를 직접 만나시려구요?"

"차라리 잘 됐어. 한 번쯤은 만나보고 싶었으니까."

한국 정부와 긴밀하게 협력하는 사이가 된 터였다. 주일 한국 대사를 움직인다면 총리를 만나는 일이 어렵진 않을 것 같았다. 그리고 실제로 한보현 실장을 통해서 주일 한국 대사에게 무라까와 총리와 면담을 요청하게 만들었다.

　　　　*　　*　　*

　"안녕하십니까? 제가 주일 한국 대사 문상철입니다."

　"강백호입니다. 만나서 반갑습니다."

　"일반인들은 잘 모르겠지만, 알 만한 사람들 사이에선
대표님 이야기가 꽤나 뜨겁던데 이렇게 만나 뵙게 되어
서 영광입니다."

　"그리 말씀하시니 부끄럽습니다."

　"참, 무라까와 총리와의 면담은 내일 오전 10시로 잡혔
습니다. 제가 통역 겸 보좌관 한 명을 데리고 간다고 말
해 두었으니 강 대표님을 의심하거나 하지는 않을 겁니
다."

　"무리한 부탁을 드려서 죄송합니다."

　"아닙니다. 저야 어차피 억류 중인 선박 때문에 항의
방문차 면담을 요청하던 중이었습니다. 때마침 타이밍
이 잘 맞았을 뿐입니다."

　나에 대해 무슨 말을 들었는지 모르겠으나 꽤 우호적이다.

　정치인보단 외교관으로 오래 일해서 그런지, 본색을 숨
기는 것인지, 원래 그런 성격인지 추측하기 어려워서 그
리 생각했는지 모르겠다.

　"아무튼 대사님의 노고에 감사드립니다."

"별거 아니라니까요. 그보다 숙소는 정하셨습니까? 애매하시면 대사관저에서 하루 묵으셔도 괜찮습니다."

"아닙니다. 제가 폐를 끼칠 수는 없죠. 그리고 이미 예약해뒀으니 걱정하지 않으셔도 됩니다."

문상철 대사와는 저녁까지 같이 먹고 미리 예약한 호텔로 출발했다. 그런데 나를 보호하기 위해 팔로우 중이던 수리가 꼬리가 붙었다고 알려왔다.

—백호님. 꼬리가 붙었습니다.

"날 미행한다고?"

—그렇습니다. 교차 검색을 했는데 공항에서부터 따라붙던 동일한 차량을 발견했습니다. 어떻게 할까요?

"어떻게 하긴 날려 버려야지. 겁주려고 왔으니까 확실하게 하자고. 물수리 드론 보내서 차량 후미에서 자폭시키도록 해."

날 미행 중인 놈들은 아마도 내각조사실 요원들일 것이었다. 운전자와 조수석에 두 명이 탑승하고 있었다. 트렁크 쪽에서 폭발해도 크게 다칠 수 있었지만 개의치 않기로 했다.

—바로 실행합니다.

내가 지시를 내린 순간 까막수리에서 물수리 드론 한 대가 발사되었다. 그리고 90초 후에 나를 미행하던 차량이 폭발해서 멈췄다.

"상황은?"

─조금 다치기는 했는데 두 명 다 무사합니다.

"알았어. 그리고 잘했어."

─칭찬 감사합니다.

이럴 땐 사람인지 인공지능인지 헷갈린다.

어쩔 땐 수리가 폭주해서 까막수리를 마구 휘두를까봐 걱정되기도 했다. 하지만 기장의 명령에만 따른다는 절대적 프로토콜이 존재하기에 안심할 수 있었다.

호텔에 투숙해서는 혼자 남자 나도 모르게 냉장고에 있는 위스키를 손에 들었다가, 아차 싶어서 다시 냉장고에 넣었다.

"취하지도 않는 술을 찾다니……."

고개를 좌우로 흔들었다.

우리 형제들은 술을 마셔도 취하질 않았다. 알콜 기운이 느껴지기는 했으나 아무리 마셔도 취하질 않아서 그냥 기분만 내곤 했었다. 혼자선 기분 내기도 뭐해서 혼술은 의미가 없었다.

* * *

"뭐? 미행하던 차량이 폭발해?"

"네. 실장님."

144

"혼자 왔다고 하지 않았나?"

"분명 혼자 왔습니다. 필시 도쿄에 미리 들어와 있던 안기부 요원이 있었을 겁니다."

이가와 실장은 강백호를 미행하던 차량이 폭발했다는 보고를 받고는 혼란스러웠다. 미행을 알아차리고 차량을 폭발시켰다는 것인데 이게 좀 이상했다.

"안기부는 대공 음모나 꾸미던 놈들인데 이렇게 신출귀몰하게 움직인다고?"

"저도 그게 좀 의문이긴 합니다만 혼자서 할 수 없는 일입니다. 놈이 공항에서 내린 이후 눈을 뗀 적이 없으니까요."

"안 되겠어. 우리가 감시하고 있던 안기부 요원들 모두 잡아들여."

"바로 실행하겠습니다."

우리가 그랬듯이 내각조사실도 자국 내에 들어와 있는 타국 스파이들에 대해 정보를 파악하고 있었다.

밤새 드잡이질이 일어나는 줄도 모르고 나는 휴식을 취했다.

아침이 되자 가볍게 식사하고 문상철 대사를 만나러 움직였다.

"잠은 편안하셨습니까?"

"네. 덕분에 편하게 보냈습니다."

"간밤에 일이 좀 있었습니다."

"어떤 일 말입니까?"

"내각조사실에서 도쿄에서 활약하는 안기부 요원을 체포하기 위해 움직였다고 하더군요."

"어제 차량 폭발과 관련돼 있겠군요."

"어? 그 폭발에 대표님이 관련돼 있으신 겁니까?"

"그렇습니다. 그러니까……."

궁금해 하길래 어찌 된 일인지 대충 설명해 주었다. 물론 어떻게 폭발을 일으켰는지는 말해주지 않았다.

"그래서 안기부 요원을 잡겠다고 움직였군요."

"체포된 요원이 있습니까?"

"제가 아는 선에선 없습니다. 움직이면서 얘기할까요?"

"그러시죠."

우리는 곧장 총리관저로 움직였다.

간단한 몸수색과 금속 탐지기를 통과해서 접견실로 안내되었다.

그런데 무라까와 총리는 30분이 지나도 나타나지 않았다.

"원래 이런 식입니까?"

"대중없습니다만, 지금 한일 관계가 전보다 많이 악화돼서 날이 갈수록 푸대접이 심해지고 있기는 합니다."

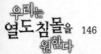

"일부러 늦게 나타나는 거군요."

"기를 죽이고 시작하겠다는 거죠. 어쩌면 몰래카메라로 우릴 지켜보고 있을지도 모릅니다."

"하긴. 원래 음흉한 작자들이니 그러고도 남겠네요."

"그래도 한 시간을 넘긴 적은 없으니 조금만 더 기다려보시죠."

여기서 문상철 대사의 인내심은 한 시간짜리였다.

더 기다렸다간 국격을 떨어트린다고 생각하는 것인지 더는 기다리지 않는다고 했다.

"전 괜찮으니까 대사님 판단대로 하세요. 그냥 돌아가도 상관없습니다."

"부담을 덜어주시니 감사합니다."

청와대 요청으로 진행되는 일이라 이대로 면담이 무산될까 봐 걱정했던 모양이다.

똑똑!

그런데 노크 소리가 나고 문이 열렸다.

"각하께서 지금 만나시겠답니다. 따라오시죠."

"네."

의전 비서관을 따라 총리 집무실로 이동했고, 드디어 무라까와 총리를 만날 수 있었다.

"하하하! 갑자기 바쁜 일이 생겨서요. 이쪽으로 앉으시죠."

"대표님, 이쪽으로 앉으시죠."

"네."

무라까와 총리는 애써 나를 의식하지 않는 듯했으나 내 정체에 대해서는 이미 알고 있을 것이다. 어제 미행도 있었고, 간밤에 드잡이질도 했으니 말이다.

"그래 어쩐 일로 면담을 요청한 겁니까?"

"먼저 이분을 소개시켜 드려야겠군요. 인사하시죠. 이분은 정부 군사 고문으로 일하시는 강백호 대표십니다."

최대한 자세한 설명을 피하고자 군사 고문으로 소개한 거다.

"통역인 줄 알았는데 그게 아닌 모양이군요."

"이미 알고 계실 거라고 생각해서 그냥 소개드린 겁니다."

피식.

이건 분명 비웃음이다.

"좋습니다. 그래 강백호 씨가 왜 나를 보고 싶어 했는지 궁금하군요."

고문이나 대표란 호칭을 사용해야 맞는 건데 나를 무시하기 위함인지 강백호 씨라고 했다.

이런 걸로 기운을 빼다니 나로선 이해가 가질 않지만 이게 정치인들 대화 방식인가 싶었다.

148

"일단 선박은 돌려보내시죠."

"하하하! 무슨 뚱딴지같은 소립니까?"

"세화 해운 선적의 컨테이너선이 마약 밀수라니 말도 안 된다는 거 아시잖습니까? 이런 식이면 일본 선적 선박 전부를 마약 밀매 협의를 덮어쓰게 만들 수도 있다는 걸 아셔야죠."

"날 만나서 한다는 소리가 고작 풀어달라는 협박입니까?"

"그거야 듣기 나름이겠죠."

"엄연히 제보가 들어와서 수사를 진행한 겁니다. 그런데 군사 고문이라면서 나를 찾아와 따질 자격이나 되는 겁니까?"

표독해 보이는 표정을 지어 보이면서 나를 잡아먹을 듯이 노려보았다.

자격을 논하자면 무라까와 총리가 하는 말이 맞았다. 내가 나라에서 임명한 외교관은 아니니까. 그러나 그건 누가 잣대를 정하느냐에 따라 달라지는 거라서 내겐 의미가 없는 일이다.

"자격 같은 거 모릅니다. 24시간 드리겠습니다. 후쿠오카에 묶인 우리 선박은 한 척이지만 일본 해운사 선박들은 전부가 될 겁니다."

"당신은 예의도 없는 거요?"

"눈에는 눈 이에는 이란 말이 있습니다. 그리고 제 말을 증명해야 하니 내일 오전 뉴스를 유심히 살펴보기 바랍니다. 참고로 전 더한 일도 할 수 있다는 걸 명심하세요."

"날 만나자고 한 목적이 협박하려는 거였습니까?"

"그거야 받아들이기 나름이죠."

"문상철 대사! 이런 식이면 대사관 철수를 요구할 수도 있는 일입니다."

한일 관계가 극으로 치닫는 마당에 대사관까지 철수한다면 대화 창구가 닫히는 걸 의미한다.

보통 이런 경우 그다음은 전쟁이다.

문상철 대사도 머리가 아픈지 관자놀이를 꾹꾹 누르고 있었다.

"강 대표님……."

"미리 말씀 못 드려서 죄송합니다. 하지만 강하게 나가셔야 합니다."

"하지만 수출 규제에 이번 세화 해운 일까지 해결해야 할 일이 너무 많습니다."

"수출 규제는 이미 해결했고, 세화 해운 포세이돈 호는 제가 반드시 해결하겠습니다. 그러니까 대사님은 한국을 대표해서 자존심을 지키세요. 설사 대사관 철수를 하더라도 말입니다."

"청와대 뜻이기도 한 겁니까?"

"그분 생각도 저와 다르지 않을 겁니다. 제가 여기 있는 것이 그 증표이기도 하구요."

"휴… 대단하십니다."

무라까와 총리를 앞에 두고 우리끼리 대화를 나누니 금세 얼굴이 시뻘게졌다.

그러나 우리는 아랑곳하지 않았다.

"지금 뭣들 하는 겁니까?"

"아, 실례했군요."

"당장 나가요."

"어차피 할 말 다해서 가려던 참입니다. 어쨌든 제 뜻은 전달했으니 허튼짓은 그만했으면 좋겠군요."

"지, 지금 뭐라고 했어? 뭐? 허튼짓?"

내가 좀 심했나?

작정하고 와서 그런지 길게 생각하지 않고 생각나는 대로 뱉어냈는데, 무라까와 총리를 열 받게 하는 것에는 성공한 듯싶었다.

"제 말을 무시하지 마세요. 민간 선박 다음은 해상자위대 함정들이 될 테니까."

"지금 선전 포고하는 겁니까?"

"제가 대통령도 아니고 선전 포고는 무슨. 그냥 제가 할 수 있는 수준에서 경고하는 겁니다."

"나 참! 어이가 없어서 환장하겠군. 당장 나가!!"

목청도 좋다.

나는 귀를 후비면서 문 대사와 눈짓을 주고받고는 총리 관저에서 빠져나왔다.

* * *

다음 날 오전 일본 해운 기업 선적의 대형 화물선 한 척이 블라디보스톡에서 무기 밀매로 억류되었다는 뉴스가 전파를 탔다.

이 뉴스를 내보내기 위해서 꽤 바쁘게 움직였다.

무려 앨친 대통령의 도움까지 받아서 다소 무리하게 진행한 거였다.

내가 앨친 대통령을 이용한 것은 러시아도 우리만큼이나 일본을 싫어해서다.

덕분에 일본 총리관저는 발칵 뒤집혔다.

어제 협박을 받았는데 그대로 일이 벌어지자 아차 싶었던 것이다.

"정말 그자가 말한 대로 됐군."

"각하, 당장 반격해야 하지 않겠습니까?"

"뭘 어떻게?"

"일본으로 들어오는 한국 국적 선박은 모두 억류하는

152

겁니다. 명분은 제가 만들어내겠습니다."

"그러다 정말 우리 선박은 물론이고 해상자위대 함정들까지 피해당하면 어쩔 건데?"

무라까와 총리도 당장 실력 행사에 나서고 싶었다.

그러나 어제 들었던 말이 자꾸만 귓가에 맴돌았다.

"그거야 허풍 아니겠습니까?"

"자네 말에 모순이 있다는 거 아는가?"

"네?"

"강백호 그놈이 한 말이 허풍이라면 우리 배가 억류되는 일 따위는 일어나지 않았어야 했다는 말이네. 설마 우연의 일치라고 말하고 싶은 건 아니겠지?"

"방심하다 당했을 뿐입니다. 이가와 실장에게 말해서 보안 수색을 강화한다면 충분히 대처할 수 있을 겁니다."

무라까와 총리는 잠시 생각에 잠겼다.

이대로 꼬리를 만다면 겁에 질렸다고 생각할 수도 있다는 생각에 입을 앙 다물었다.

'좋아. 해보자 이거지?'

우연일 수도 있고, 관방장관이 하는 말이 틀린 것도 아니어서 효과적인 방법을 찾기로 했다.

"같은 방법은 식상해. 복수하는 것에 대해서는 나도 찬성이야. 하지만 조금 더 효과적이고 충격적인 방법을 찾아 봐."

"알겠습니다. 각하. 반드시 찾아내겠습니다."

"믿고 기다리겠네."

하시모토 관방장관의 아버지가 일제 강점기 시대에 조선 총독부에서 고위직에 몸담은 경력이 있어서 그런지 한국과 문제만 생기면 열변을 토했다.

하시모토 관방장관은 상당히 복잡한 음모를 꾸미며 총리 앞에 나타났다.

"그래 내가 말한 방법은 찾았나?"

"식상하지 않으면서 직접적이지도 않고 강백호를 엿먹일 수 있는 방법을 찾아냈습니다."

"기대되는군. 그게 뭔가?"

"강백호에겐 두 개의 자치령과 많은 돈을 쏟아붓고 있는 곳이 있습니다."

"계속 말해보게."

"소말리아 북부 도시 보사소에 많은 돈을 투자하고 대규모 토목 공사를 진행 중인데, 전에 한 번 보고를 드렸을 겁니다."

"아! 기억나는군. 그래서?"

"마침 보사소 근처에 반란군이 결집 되고 있더군요."

무라까와 총리는 하시모토가 무엇을 원하는지 금방 알아챘다.

보사소에 문제가 생긴다면 타격이 상당할 것은 뻔하니까.

"그래서?"

"반란군 세력이 빨리 커질 수 있도록 자금을 지원해서 보사소를 공격하게 만드는 겁니다. 그럼 엄청난 피해를 줄 수 있습니다."

"보사소까지 생각 해내다니 꽤나 노력했군. 좋아. 그리 해보는 것으로 하지."

꼼수를 부려 선박을 억류하는 것으로 시작된 신경전은 내가 나서면서 복잡하게 꼬이기 시작했다.

"이가와 실장에게 말해서 최고의 요원을 보내도록 하겠습니다."

"좋아. 하지만 우리가 관련된 것이 드러난다면 자네는 물론 이가와 실장까지 무사하긴 힘들 거야. 내 말 명심하게."

"물론입니다. 각하. 하지만 틀림없이 성공할 것이니 믿어 주십시오."

"그건 두고 보면 알게 되겠지."

그로부터 얼마 뒤 보사소 동쪽 30km 지점 바카드에 민병대를 가장한 무장 병력이 세력을 키워나갔다.

무장 세력을 이끄는 지도자는 아마드란 인물로, 10여

명을 거느린 작은 민병대로 시작해서 착실히 세력을 불렸다.

최근 들어서는 100여 명의 제법 규모가 큰 민병대로 성장했다.

여기서가 문제였다.

더 큰 조직을 만들기 위해서는 어쩔 수 없이 많은 자금을 투자해야 하는데, 마침 시의적절하게 투자자가 나타난 것이다.

북쪽 그 사람

"강 대표님 덕분에 평양에 다 와보네요."

나랑 같이 평양에 오게 된 안보수석 김경호가 모델하우스 같은 평양 시내를 보고선 내게 한 말이다.

위치가 주는 상징성이 아니라면 건물과 사람들 옷차림이 조화롭지 않아서 영화 찍는 세트장에 와 있는 느낌까지 들었다.

"이왕 온 거 잘 되기를 기도해 주세요."

"북한은 지금 먹을 것이 없어서 아사자가 넘쳐나는 판국입니다. 제가 볼 땐 강 대표님은 김 위원장에겐 구세주나 마찬가지일 겁니다."

"자신들이 어렵다는 걸 인정할까요?"

"그건 또 다른 문제긴 하지만 투자하겠다는데 마다할 지도자는 없다고 봅니다. 강 대표님이 구상하고 있는 정도의 투자 규모라면 미국이라 해도 만세를 부르면서 맞이할 겁니다."

"워낙 폐쇄적인 곳이라 가늠이 안 되네요."

"잘 될 겁니다. 자신감을 가지세요."

"그래야죠."

앨친 대통령은 날 만나기 전에는 평양에 올 일도 없었다. 그러나 지금은 내가 김종은 위원장을 만나는 것만큼 중요한 임무를 띠고 있었다. 러시아 경제 부흥을 위해 어떻게든 철도 연결을 성사시켜야 한다는 것이다.

"그런데 우린 언제쯤 면담 일정이 잡히는 겁니까?"

"앨친 대통령과의 회담이 먼저니까 저흰 기다려 봐야죠. 방문을 허락한 만큼 만나주기는 할 겁니다. 그리고 앨친 대통령이 저에 대해서 한껏 부풀려서 설명해 둘 거니까 이번 기회에 관광이나 제대로 해야죠. 일이 틀어지면 이번이 마지막 평양 구경이 될 수도 있습니다."

"전 아무리 생각해도 이해가 안 됩니다. 왜 그 많은 돈을 버리려고 하시는 겁니까?"

"버린다고 생각하세요?"

"투자 대비 수익이 나지 않을 거란 뜻입니다. 아시다시

피 김종은 위원장이 갑자기 튤어 버리면 전부 날리는 거
니까요."

맞는 말이다.

북한이 주는 이미지가 독재와 폐쇄 뭐 그런 것들이니
까. 하지만 통일에 들어가는 비용을 고려하면 이렇게 한
번쯤 삽질해 주는 것도 나쁜 건 아니다. 북한 경제가 어
느 정도는 올라와야 왕래라도 가능해지니 말이다.

내가 이러는 이유가 통일 때문이라고 생각하겠지만 사
실은 가까워지기 위한 거였다. 내가 아는 실제 역사에서
도 남과 북은 2031년부터 거의 20년간이나 자유 왕래를
허용한 다음에야 통일 논의가 시작되었으니까.

그 뒤로도 10년이나 더 지나서 진정한 통일을 이루었
는데, 그 과정에서 주변국들 반대가 실로 이루 말할 수
없을 정도였다.

물론 이건 내가 겪은 건 아니고 기록으로 남겨진 것들
을 알고 있어서 하는 말이다.

"돈이야 다시 벌어도 그만이니까 전부 날려도 상관없
습니다."

"저 같은 사람은 그 돈 때문에 성공하려고 아등바등하
는데 강 대표님은 돈에는 초월하신 사람 같아서 신기할
따름입니다."

관광 안내원은 우리 대화를 듣고 있어서 제지하거나 간

섭하지 않았다. 그저 들어가도 되는 곳과 안 되는 곳만 구별해주고 설명이 필요한 곳에서는 우리가 집중하는 것과는 상관없이 레퍼토리를 읊어주고 나서 지나갔다.

"최대한 그리 생각하려고 노력할 뿐입니다. 다 제 동생들 덕분이죠."

"아! 동생들이 천재라고 하셨죠?"

"잠시 실례하겠습니다."

김 수석 말에 내가 뭐라고 대답하는 순간, 안내원 동무가 처음으로 우리 대화를 끊었다.

"네."

"한 시간 뒤에 위원장 동지께서 두 분을 만나겠다고 하십니다. 지금 출발해야 하는데 괜찮겠습니까?"

"물론이죠."

겨우 시간 맞춰 도착했더니 신체검사에 가까운 몸수색을 한 다음에야 김종은 위원장을 만날 수 있었다.

"어서 오시오. 강 선생!"

"반갑습니다."

"안녕하십니까? 김경호 안보수석입니다."

"미안한데 강 선생과 단둘이 대화하고 싶은데 괜찮겠소?"

"무, 물론입니다."

"네. 제가 나중에 말씀드리겠습니다."

"네."

당황한 김 수석은 버벅이긴 했지만 금세 침착함을 되찾으면서 밖에서 기다리겠다면서 나갔고 나는 고개를 끄덕여 주었다.

"미안하오. 내가 여럿이 대화하는 걸 별로 좋아하지 않아서 말이오."

"괜찮습니다."

"앨친 대통령이 꽤 엄청난 이야기를 하던데 믿어도 되겠소?"

앞뒤 자르고 바로 본론이다.

상황이 어찌 되었든 김종은 위원장이 나에 대해 어디까지 보고를 받았을지 새삼 궁금했다.

"네. 믿어도 됩니다."

"왜 척박한 곳에 투자하려는 거요?"

"가식적으로 들릴 수 있겠지만 가까워지기 위해서입니다. 다른 건 몰라도 인건비 절약은 가능하니까요."

"하하하! 강 선생도 나처럼 직설적인 것을 좋아하는 모양이오?"

"그런 편입니다."

"직접 듣고 싶소. 뭘 어떻게 하겠다는 건지 말해 보시오."

최대한 진정성 있게 말해야 하는데 김종은 위원장이 그걸 곧이곧대로 믿어줄지는 모르겠다. 말하라니까 일단 말해주었다.

"이산가족 상봉이니 금강산 관광이니 하는 것들은 뻔한 주제들이니 우선 종전 선언부터 합의를 보시죠. 미국도 적극적이고 한국 정부도 이참에 논란거리는 종지부를 찍고 가자는 분위기니까 어렵지 않게 합의가 될 겁니다."

"음……."

"그런 다음엔 비무장 지대에 지뢰를 제거, 유해 발굴하고 그 과정에서 자연스럽게 철도를 연결하는 겁니다. 여기서 말하는 철도는 그냥 철도가 아니라 시속 1,350km로 달릴 수 있는 초고속 철도를 말하는 겁니다."

"……!"

"첨단 기술이 적용된 철도 건설이라 최소 천억 달러 이상이 투자될 겁니다. 노선은 차후 합의를 보면 되지만 여기서 중요한 포인트는 중국과 일본은 철저히 배제시킨다는 겁니다."

다른 건 제쳐두고 철도 얘기만 해도 몇 시간은 해야 할 것 같아서 핵심만 간추렸다.

앨친 대통령이 어느 정도는 얘기했을 거라고 믿어서인데, 그런 기술이 가능하냐고 되묻지 않는 걸 봐서는 내 짐작이 맞는 거 같았다.

"일본은 찬성이오. 하지만 우리 입장에서 중국을 배재하는 것이 가능할 지 모르겠소."

"애로사항이라도 있으십니까?"

"크흠! 있다면 강 선생이 해결해 줄 수 있겠소?"

쉽게 말을 꺼내기 어려운 눈치다.

하지만 그가 이러는 이유에 대해서는 대충 알 것 같아서 넘겨짚어 보았다.

"그야 어떤 애로사항이냐에 따라 달라지겠죠. 이를테면 친중 성향의 지휘관들이 눈에 밟히시는 거라면 제가 도와드릴 순 있을 것 같습니다."

"호오… 상당히 솔깃한 발언이오."

역시나 친중파 지휘관들이 그에겐 골칫거리였던 것이다.

"명단만 주시면 일주일 내로 싹 정리해드리겠습니다."

"북쪽에 올려보낸 간첩이 많다는 걸로 들리는데 맞소?"

"그것과는 별개입니다. 전 한국 정보국이 요원들을 어떻게 운용하는지 알지 못합니다. 제가 도와드리겠다고 한 것은 제가 가진 첨단 장비로 해결이 가능하다는 뜻이었습니다."

알아들었으면 좋겠는데 걱정이다.

여기서 딴지를 걸기 시작하면 한도 끝도 없어서 사실상 내가 한 말은 객기에 지나지 않게 되는 거다.

"…으음. 실패하면 어떻게 되는지 아시오?"

"쿠데타를 염려하시는 겁니까?"

"그자들도 살길을 찾을 것이니 내전이 벌어질 것이오.

그리고 내전이 일어나게 되면 솔직히 승패를 장담할 수 없소."

"제가 틀림없이 해결해 드리겠습니다."

"그건 생각해 보겠소. 더 할 얘기 있으면 하시오."

내전, 쿠데타 이런 말을 듣고 보니 경제특구니 뭐니 하는 얘기들은 지엽적으로 들리지 않았다. 그래도 준비한 것들은 말해야 한다는 의무감에 말하기 시작했다.

"제가 준비한 것은 열차와 경제특구에 관한 겁니다. 열차 얘기는 했으니 다음은 경제특구에 대해서 말씀드리죠."

"계속하시오."

"제가 생각하는 도시를 기준으로 말씀드리죠. 전 개성, 남포, 원산 또는 나진을 경제특구 도시로 지정했으면 합니다. 합의만 되면 남쪽 대기업들이 공장을 지을 겁니다."

"어떤 공장인지 말해 보시오."

"남포엔 제철소와 자동차 공장을 건설하고, 개성엔 제약 단지와 식품 공장들이 지어질 것입니다. 마지막으로 원산이나 나진에는 조선소를 생각하고 있습니다."

"그게 가능하겠소?"

"의지만 있다면 충분히 가능한 일입니다. 이미 각 기업의 총수들과 합의하기도 했구요."

"강 선생 계획대로만 된다면 우리 북조선도 금방 허리를 펴겠소. 그런데 말이오. 중국이나 일본이 가만있겠소?"

김종은 위원장도 무력 충돌을 걱정하는 거다.

말로는 서울을 불바다로 만든다고 허언 장담을 하지만, 실제로 북한의 군사력은 숫자와는 다르게 노후화되어서 제대로 기능이나 할지 걱정인 것이다.

"일본은 제가 책임지고 중국은 미국이 막아낼 겁니다."

"하하하! 자신감 하나는 발군인 듯하니 마음에 드오."

"하지만 제가 말씀드린 모든 건 위원장님이 먼저 마음을 열어주어야 가능한 일입니다. 부탁드려도 되겠습니까?"

"이미 각오했으니 강 선생을 만나지 않았겠소. 단, 친중파 사령관들이 어찌 되는지 보고 결정하겠소."

"전 준비가 돼 있으니 명단만 제공해 주십시오."

"하루만 기다려주겠소?"

"그리하겠습니다. 마침 아직 못 본 곳도 있고 해서요."

"허허, 보위부장에게 일러둘 것이니 그리하시오."

김종은 위원장이 협조적인 거 같아도 하나라도 틀어진다면 어떻게 변할지 모른다. 미국과 러시아는 아테나 전술 체계와 돈 때문에 협조적으로 나오고 있었다. 이럴 때 여세를 몰아서 김종은 위원장도 분위기에 휩쓸리게 만들어야 하는 거다.

친중파 사령관들은 김종은 위원장의 발목을 잡고 있었던 것이 분명하다. 오랫동안 체재가 유지되어왔으니 파벌이 생기는 것이야 당연했다. 그게 하필이면 친중파와

파벌이 갈린 것이다. 그리고 말하는 걸 들어보면 친중파 세력이 꽤나 두터워 보였다.

야전 지휘관들도 문제겠지만 평양 고위직에는 얼마나 있는지 그것도 골칫거리다.

* * *

바카드 — 무장 반군 (반군 지도자 : 아마드) 보사소 동쪽 30km 지점.

내가 평양에서 김종은 위원장을 꼬드기는 동안 일본 내각조사실 요원들은 아프리카까지 가서 공작을 펼치고 있었다.

"무기는?"

"늦지만 않는다면 오늘 오후 3시에 도착 예정입니다."

"그놈들이 무슨 꿍꿍이로 돈을 댔는지 모르겠지만 무기가 들어오니 한바탕 놀아볼 수는 있겠어."

"사령관님!"

"뭔데?"

돌격 대장이자 아마드 무장 군벌 2인자인 카히드가 묵직한 음성으로 의문을 제기했다. 키가 190cm는 되어 보이는 거한이라 부하들은 그가 명령만 내려도 등줄기가 서늘해지곤 했다.

"보사소를 지키는 병력에 대해서 들으셨습니까?"

"그놈들 용병이라고 했잖아."

"용병들은 대부분 특수부대 출신입니다. 돈 때문에 용병이 됐다고는 하지만 받는 만큼 몸값을 해내는 놈들이죠."

"하고 싶은 말이 뭐야?"

"무기가 도착해도 지금 우리 병력으로는 부족하다고 생각합니다. 설사 전투에 이긴다 한들 병력 대부분이 망가진다면 다른 놈들에게 빈집털이 당할 수도 있지 않겠습니까?"

"하긴. 놈들 숫자가 만만치 않다고 했으니 우리 쪽 피해도 적지 않을 거야. 그래서 자넨 어떻게 했으면 좋겠는데?"

아마드는 대책을 요구했다.

돌격대장이니 그에 맞는 전략이라도 내놓아 보라는 것인데, 어떻게 보면 책임을 전가하는 것에 불과했다.

반군 지도자들은 항상 2인자를 견제한다. 부하들에게 자신보다 더 존경 받는다면 바로 제거해야 할지를 고민해야 하니까.

"기글로라는 놈이 필요하면 자금을 더 내놓겠다고 했으니 그 돈으로 바카드에서 활동하는 민병대를 통합하는 것이 어떻겠습니까?"

"민병대를 돈으로 사들이자는 말인가?"

"그렇습니다."

"바카드 민병대를 통합하기만 한다면 최하 500명이 넘는 병력을 모을 수 있습니다. 그 정도라면 한 번 해 볼 만하지 않겠습니까?"

"그렇다면 기글로가 돈을 얼마나 내놓느냐가 문제겠군."

"사령관님께서 기글로를 만나보시죠. 전 민병대 대장들을 만나서 의중을 타진해 보겠습니다."

"좋아. 그렇게 해."

기글로란 인물은 내각조사실에서 파견된 요원이 바지로 내세운 현지인이다. 그에게 권한이 있는 건 아니었고, 말을 전하는 심부름꾼에 불과했다. 아마드 또한 그걸 모르는 것은 아니었다.

상대가 신분 노출을 꺼리니 장단을 맞춰주는 것일 뿐이라 기글로에게는 아마드가 붙여둔 감시가 붙어 있었다.

며칠 뒤 기글로를 만난 아마드는 통 크게 천만 달러를 요구했다.

"천만 달러?"

"왜? 너무 적은가?"

"아니 그걸 말이라고 하는 겁니까?"

"지금 병력으로는 보사소를 칠 수 없어. 아니지 엄밀히 말해서 공격하는 것이야 얼마든지 가능해. 하지만 우리 측 피해가 크다 보면 보사소를 공격해도 지킬 병력이 없

다는 말이야. 그래서 바카드 민병대를 통합하려는 거니까 천만 달러를 준비해줘야겠어."

"정말 공격할 마음이 있기는 한 거요?"

"물론이야. 지금 보사소는 젖과 꿀이 흐르는 땅이라고. 그런 땅을 포기할 놈이 어디 있겠어."

"좋아요. 그럼 며칠만 기다려요."

"그러지."

아마드는 얼마든지 기다릴 수 있었다.

비록 민병대를 규합해서 군벌을 만들었지만, 능력이 있어야 가능한 일이라 아무나 할 수 있는 건 아니었다.

기글로는 바카드 외곽에 숨어 있는 내각조사실 요원 스즈끼를 만났다.

"무슨 일이오?"

"아마드가 천만 달러를 요구했습니다."

"뭐요?"

"민병대를 합쳐서 보사소를 치겠답니다. 지금 병력으로는 보사소를 칠 수는 있어도 점령하기는 어렵다면서요."

"…으음. 터무니없는 금액을 요구했지만 일리는 있군."

"그럼 천만 달러를 줄 생각입니까?"

"그건 너무 많아. 내가 줄 수 있는 건 3백만 달러야. 더는 무리니까 그 선에서 해보라고 해."

"그러죠."

아마드에겐 3백만 달러도 감지덕지다.

애초에 천만 달러를 부른 것도 다 받아내려는 것이 아니라 이런 상황을 예측해서다.

* * *

평양.

김종은 위원장은 고민이 많았는지 퀭한 눈으로 나를 만났다.

"피곤해 보이십니다."

"…솔직히 말해서 고민이 많았소. 친중파가 없었던 것도 아니고 그들이 반역한 것도 아닌데 제거하려니 망설여지지 않겠소."

"그래도 결단을 내리셨으니 잘하신 겁니다."

"명심하시오. 이걸 건네는 순간 화살은 시위를 떠나는 거요."

"물론입니다."

김종은 위원장에게서 받은 종이는 A4 용지 기준으로 세 장 분량이었고, 이름과 소속 부대명이 빼곡하게 적혀 있었다.

"알고 있겠지만 동시에 덮쳐야 성공할 거요."

"반격할 시간도 없을 겁니다."

부대 위치는 거의 북한 전역에 흩어져 있어서 동시에 체포 작전을 벌인다는 것은 불가능해 보였던 모양이다.

"혼자서 뭘 어떻게 한다는 건지 모르지만 강 선생을 믿어 보겠소. 하지만 실패하면 그걸로 끝이라는 거 다시 한번 명심하시오."

"하루면 되니까 모레 아침 식사나 같이 하시는 건 어떻겠습니까?"

"그럽시다."

그날 밤.

북한 전역에 위치한 군부대에서는 의문의 일들이 거의 동시에 일어났다.

이를 위해 까막수리에 탑재된 송골매와 물수리 드론이 모두 출동했다. 까막수리는 조기경보기처럼 높이 떠서 출동시킨 드론들을 관장했다.

새벽 1시가 조금 넘은 시간 야전 부대 최고 지휘관들이 사망했다는 보고가 평양으로 답지하기 시작했다. 그렇다고 평양이 조용했다는 건 아니다.

김종은 위원장이 제일 원하는 것 중 하나가 평양에서 깐죽거리는 친중파 장성들을 깔끔하게 제거하는 거였다.

평양에서는 12명의 장성과 21명의 영관급 군인들이 제거되었다. 1군단 강원도 회양군 757 부대를 비롯해서 함경북도에 위치한 9군단 264부대에 이르기까지 272명의 고위급 장교들이 유명을 달리했다. 일부가 살아남았지만 상당 기간 병원 신세를 져야 해서 회복될 때쯤엔 이미 대세는 바뀌어 있을 것이다.

한편 벙커에서 보고받던 김종은 위원장은 시간이 지날수록 경악을 금치 못했다. 시시각각 놀라면서도 그들의 얼굴에는 안도하는 미소가 떠오르기 시작했다.

"경하드립니다. 위원장 동지."

"장담하길래 기대는 했는데 이렇게까지 완벽하게 해낼 줄은 몰랐군."

김종은 위원장은 총정치국장과 함께 있었다.

"이 정도면 다음 단계로 진입해도 되겠습니다."

"실시해."

그가 명령하는 건 제거된 지휘관을 따르는 떨거지들을 말하는 거다. 영관급까지는 제거해 달라고 명단을 줬지만, 위관급은 아니었다.

한밤중에 일어난 작은 폭발사고에 이어 이번엔 수십 명 단위로 움직이는 보위부 병력에 의해 위관급 장교들이 체포되기 시작했다.

하룻밤 사이에 친중파에 속하는 파벌이 와해되었으나 아침엔 여전히 태양이 떠올랐다.

그리고 찾아온 아침 식사 시간.

"공화국의 골칫거리를 해결했으니 강 선생은 북조선 인민 공화국의 영웅이오."

"영웅이란 칭호는 제게 맞지 않습니다. 저도 원하는 것이 있어서 거래한 거니까요."

"겸양할 거 없소. 강 선생."

"하하하. 겸양이 아니라 제 생각을 말씀드린 겁니다."

"어쨌든 좋소. 골치 아픈 일이 사라졌으니 이제 다음 단계로 나가 봅시다."

"바라던 바입니다."

이제 한국, 북한, 미국 이렇게 3국이 협상 테이블을 만들어서 종전 선언과 함께 유해 발굴을 진행하고 나아가 경제특구까지 세부 협의안을 만들어 나가면 되는 일이다.

난관이 많겠지만 우리는 준비돼 있었다.

"염치없지만 하나만 더 부탁해도 되겠소?"

염치를 거론했다.

이건 돈이 필요하다는 거라고 생각했는데 아닌게 아니라 어젯밤 일로 군 기강을 바로 잡으려면 통치자금이 필요하다는 거였다.

"얼마든지요."

"이런 말 하긴 좀 그런데 돈을 좀 빌리고 싶소."

"이유를 여쭤봐도 되겠습니까?"

"간단하오. 어젯밤 일로 군부대가 많이 어수선해졌소. 새로운 지휘관들이 임명되겠지만 그들에게 자금을 지원해 줘야 하오. 그래야 기강을 바로잡을 수 있지 않겠소?"

"얼마가 필요하십니까?"

"내 입으로 얼마가 필요하다고 말하기 그렇소만……."

"그럼 이렇게 하시죠."

"좋은 방법이 있소?"

"제가 좌표를 하나 불러드리겠습니다. 믿을 만한 사람을 보내세요."

내가 주는 돈보다 직접 발굴 해내도록 할 생각이다. 그래야 떳떳하고 자기 위치를 굳건히 하는 것에도 도움이 될 것이다.

"그곳이 어디고 거기엔 뭐가 있는데 그러시오?"

"야마시타 골드라고 들어보셨습니까?"

"야마시타 골드라면… 일제강점기 때 일본으로 가져가지 못하고 여기저기 묻었다는 황금을 말하는 거요?"

"그렇습니다."

"그럼… 그곳에……?"

"네. 언젠간 발굴하려고 했던 곳인데 위원장님께서 그곳에 있는 야마시타 골드를 발굴해서 사용하시죠. 최소

500kg 이상 묻혀 있을 겁니다."

금값이 많이 올라서 100kg만 해도 30억이 넘는다. 그리고 내가 알려준 위치에 있는 황금은 500kg이 아니라 1톤이 살짝 넘는 양이 묻혀 있었다.

"강 선생은 생각이 깊은 사람인 것 같소."

"전에도 말씀드렸지만 제 욕심에 그리하는 것뿐입니다."

"고맙소!"

여기서 세부적인 사항까지 모두 논할 수 없으니 협상단을 구성해서 다시 만나자고 약속했다. 종전 협의에 성공하고 부수적인 문제들이 해결된다면 경제특구를 논하는 자리까지 발전시켜 나갈 수 있을 것이다.

그래도 최소한 하나는 이 자리에서 결정하고 싶었다.

바로 철도 문제다.

"다른 건 몰라도 철도 문제는 이 자리에서 결정했으면 합니다."

"…으음. 솔직히 하나만 묻겠소."

"말씀하시죠."

"궁금해서 그러는 건데 정말 1,350km나 되는 속도를 낼 수 있는 거요?"

순수한 호기심에서 물어보는 것이 느껴질 정도로 순진무구한 얼굴이다.

"전 거짓말은 하지 않습니다."

"해봅시다. 그 루프 스테이션이란 거 말이오."

"절대 후회하지 않으실 겁니다."

"그 속도라면 부산에서 유럽까지 하루면 도착할 거 같은데 안 그렇소?"

"제 목표는 5시간까지 줄이는 겁니다."

"호오! 그게 가능하다면 물류 혁신이 일어나겠소."

부산에서 출발하는 루프 스테이션은 블라디보스톡에서 갈라져서 하나는 유럽으로 다른 노선은 미국으로 향할 것이다.

공사비가 얼마나 들어갈지 당장은 가늠하기도 어려웠다. 하지만 수리라면 어렵지 않게 계산해낼 것이다.

나중 일이지만 수리는 시베리아 횡단 노선과 미주 노선을 나누어 공사비를 계산해냈는데, 루프 스테이션 건설에 들어가는 금액은 자그마치 500조 원에 가까웠다.

그나마 위안이 되는 것은 일시에 들어가지는 않는다는 것이다. 구간을 나눠서 단계별로 진행하고 투자를 유치한다면 부담을 줄일 수 있을 것으로 보았다.

이게 실현되고 가동되기 시작하면 세상은 다시 한번 달라질 것이다.

보사소 전투

한일 관계가 극으로 치닫는 가운데.

언론을 통해 부산에서 출발하는 철도가 북한을 통과해서 시베리아 횡단 철도와 연결될 가능성에 대해서 노출되었다.

제한된 정보인데다 처음도 아니어서 뉴스에 대한 여론의 반응은 약간의 관심 정도였다.

기대와 의심은 북한에 대한 불신에 기인한 거다. 그리고 북한의 불신을 조장하는 중국이 문제인데, 언론에 도배 되다시피 하는 기사에는 그런 중국이 배제될 가능성이 매우 높다는 것이다.

그래서인지 중국은 즉각적인 반응을 보였다.

주한 중국 대사가 잔뜩 화가 난 채로 청와대를 찾아온 것이다.

"대사님이 갑자기 어떤 일이십니까?"

"어떤 일이긴요. 그걸 몰라서 묻습니까?"

왕펑 대사를 상대하는 사람은 한보현 비서실장이다.

대통령이 만날 시간이 안 된다는 데도 기어이 밀고 와서 어쩔 수 없이 한보현 실장이 시간을 내준 것이다.

"정말 모르겠는데요."

"지금 장난하는 겁니까?"

"장난이 아니라 정말입니다만……."

"좋습니다. 끝까지 모르는 척한다면 제가 직접 말씀드리죠."

한보현 실장은 울상을 지었지만 속으로는 니들이 그래봤자 대세를 바꿀 수 없다고 생각했다.

하지만 표정 관리하느라 단단히 마음먹었다.

"저도 궁금하니까 말씀해 보시죠."

"후~ 미치겠네. 뉴스에 남북한이 철도를 연결한다는 보도가 나갔는데 정말 모른다는 겁니까?"

"아, 그거 때문이었습니까?"

"한 실장! 끝까지 이럴 겁니까?"

"뉴스는 저도 봤습니다만 그건 가능성에 대한 보도였

을 뿐 사실이 아닙니다."

"허…! 날 바보로 아는 겁니까? 미국이 나서서 적극적으로 종전 협상을 진행하고 있다는 것 정도는 우리도 안다 이 말입니다. 그런데도 끝까지 모른 척 속이겠다는 겁니까? 한국 내각 비서실장이란 사람이?"

이미 파다하게 퍼진 소문이었다.

실제로 미국이 종전 협상을 위해 김종은 위원장을 만난다는 사실이 심심찮게 거론되고 있었다.

"아직 정해진 건 아무것도 없습니다. 그리고 전 비서실장일 뿐이니 제게 따진다고 달라지는 것도 없습니다. 제가 드릴 말씀은 이게 다군요. 죄송합니다. 이만 돌아가주십시오."

"진짜 이렇게 나올 겁니까?"

"아무것도 모르는데 더 이상 뭘 어쩌란 겁니까?"

"끝까지 이런 식이라면 좋습니다, 나도 알아듣게 말씀드리죠. 철도 연결까지 많은 난관이 있겠지만 만일 연결이 될 경우 중국이 배제된다면 우린 희토류 수출 규제를 실시하게 될 겁니다. 그렇게 되면 어떻게 될지 잘 생각해보세요."

희토류라면 지금 하는 소리가 말이 된다.

그래서인지 왕펑 대서는 큰소리 빵빵 내질렀다.

'이 새끼 이거 진짜 미쳤네. 희토류 규제라니…….'

분위기상 왕평 대사의 협박에도 굴하지 않고 상대했는데, 일이 틀어질까 봐 걱정이 산더미였다.

그렇지만 남의 나라 최고 지도자가 있는 곳에 와서 이런 안하무인 태도를 보이다니. 당하는 한보현 실장 입장에서는 억울하고 분한 마음도 크기가 작지 않았다.

"지나친 억측이고 전 거짓말 하지 않았습니다."

"두고 봅시다. 어찌 되는지."

"아무리 그래도 이런 시점에 희토류 수출 규제를 언급하다니 부적절하다고 생각되지 않습니까?"

"부적절? 큭큭큭! 말이 나왔으니 하는 말인데, 한국처럼 작은 나라는 말이에요. 큰 나라가 하자는 대로 하면 되는 겁니다. 아시겠어요?"

"지나치군요. 나중에 어떻게 되더라도 수출 규제니 뭐니 하는 말은 지나친 거 아닙니까? 빨리 취소하세요."

"큭큭, 취소는 무슨……."

"왕평 대사님, 정말 이러시깁니까?"

"어쨌든 잘 생각해 보고 조속한 시일 내로 연락이나 하세요. 대통령이 직접 연락해서 사과해도 좋고. 아시겠죠? 그럼 잘 알아들었으리라 믿고 오늘은 이만 일어나죠."

왕평 대사는 자기 할 말만 하고 일어나서는 휑하니 나가 버렸다.

희토류 수출 규제가 실시된다면 한국은 반도체와 통신

등 첨단 산업에 심각한 타격을 입을 수밖에 없다.

그런데 왕펑 대사가 그 희토류 수출을 막아버리겠다고 협박하고 돌아갔으니 청와대가 발칵 뒤집혀서는 대통령도 남은 일정을 모두 취소했다.

"왕펑 대사가 그리 말했다고?"

"네. 대통령님."

"당장 강백호 대표에게 연락하게."

"알겠습니다."

* * *

북한에서 돌아온 뒤 며칠 집에서만 뒹굴거리다가 청와대 호출을 받았다.

그래서 급하게 도착했더니 한보현 실장이 희토류 수출 규제 협박을 받았다면서 얼굴이 샛노랗게 변해 있었다.

"대통령님께서는 이 문제로 남은 일정까지 모두 취소하셨습니다."

"실장님 걱정은 잘 알겠지만, 너무 걱정 마세요."

"하지만 걱정하지 않을 수가 없습니다. 대표님도 우리나라 사정을 잘 아시잖아요."

"한국에 자원이 부족하다는 건 모두가 아는 사실이죠. 하지만 희토류라면 걱정하지 않아도 될 겁니다."

"사정을 아신다면서 그리 말씀하시는 이유가 뭡니까?"

"그거야 대체 기술이 있으니까요."

"네?"

"아시겠지만 우리 WT그룹엔 신기술이 많습니다. 나머지 제가 알아서 할 테니까 관련 기업들과 의논해서 재고 물량만 충분히 확보해두라고 하세요."

수리에게 입력돼 있는 미래 기술은 현시점 대비 무려 100년이 훨씬 지난 기술들이다. 그러니 한보현 실장이 지닌 상식으로는 가늠하기조차 힘들었다.

"정말 그래도 되겠습니까?"

"물론입니다. 해당 사항 관련해서는 WT반도체에서 조만간 기자 회견 하도록 하겠습니다."

"강 대표님, WT그룹은 도대체 어디까지 가능하신 겁니까?"

"글쎄요. 저도 잘 모르겠네요."

"네?"

"하하하! 농담입니다. 희토류 대체 기술은 오래전부터 연구해왔던 분야입니다. 아, 물론 제 동생들이요. 저도 일조를 하고 있긴 합니다만 저도 동생들 능력에 깜짝깜짝 놀라곤 합니다."

이젠 거짓말도 는다.

이런 식으로 둘러대는 것이 가장 편하고 상대방도 의심

이 덜해서 제일 적당한 대응이라 그러는 거다.

"부럽습니다. 강 대표님."

"부럽긴요. 좋기도 하지만 머리 아플 때도 많아서요."

"아무튼요. 참, 대통령님께는 그렇게 전해도 되겠습니까?"

"기자 회견하기 전에 대통령님께서 참고하실 수 있도록 관련 자료를 보내드리겠습니다."

"아! 그럼 정말 많은 도움이 될 겁니다."

희토류는 유통량 대부분이 중국에서 나온다. 제련 중에 나오는 환경오염이 심해서 자원을 가진 나라도 중국에서 판매하는 것을 수입했다.

이 때문에 유통량 대부분을 쥐고 있는 그것을 무기로 삼을 정도가 된 것이다.

중국이 희토류 수출을 무기로 삼는다면 자원을 보유한 나라가 당장 인프라 구축을 한다 해도, 생산하기까지 상당 기간이 걸리기에 경제적 타격이 심해서다.

그러나 우리에겐 그 희토류를 대체할 수 있는 기술이 존재했다. 희토류는 언제든지 수급이 불안정해질 수 있는 자원이라 어느 기업이든 최소 3개월 재고는 가지고 간다. 사용량이 많은 기업은 6개월은 기본이고 말이다.

오성전자 또한 최소 6개월 평균 9개월 재고를 유지하는 중이다.

여기서 핵심은 수리에게 입력돼 있는 기술이라면 같은 양이어도 이 재고를 최소 6개월이 아니라 최대 600개월로 늘릴 수 있었다. 다시 말해서 희토류 자원이 필요하기는 하지만 사용량을 100분의 1로 줄이는 기술이 가능했다.

금속간 화합물로 신소재를 만들어내서 사용하면 되는데 이미 김포 WT 반도체 단지에 공정을 완성해 놓고 있었다. 비록 생산량이 작긴 하지만 말이다.

본래의 목적은 아트래핀 반도체를 만들어내기 위한 것이었다. 까막수리와 물수리 드론을 만들어내기 위한 거여서 그 정도면 충분하다고 생각했다.

하지만 시간이 지나면서 상황이 변해가고 있었다.

일주일 뒤.

청와대는 대변인을 통해 한국, 북한, 미국, 러시아까지 4자 회담이 보름 뒤에 개최된다고 발표했다.

그러자 일본과 중국은 즉각적인 반응을 보였다. 지랄, 염병, 광기 뭐 그런 단어들이 어울릴 법한 성명문을 발표한 것이다.

그리고 생뚱맞게도 보사소 시 경계에서 심각한 전투가 벌어졌다.

* * *

보사소 시.

동쪽 경계 방어는 제네시스 용병단 소속 쟈칼 여단이 맡고 있었다.

기습 공격을 받아서 처음엔 다소 당황했으나 압도적인 화력 차이로 곧 물리쳤다는 연락을 받았다.

이에 나는 바로 보사소로 날아가서 여단장 박민국 대령을 만났다.

"무슨 말입니까? 기습 공격을 받다뇨?"

"아마드란 반군 지도자가 민병대를 규합해서 보사소로 진격해왔습니다만 1차로 격퇴한 상황입니다."

"민병대가 반군으로 발전했다는 겁니까?"

"네. 잡힌 포로들에게 확인한 결과 아마드 민병대는 100명도 안 되는 작은 규모였답니다. 그런데 어느 날 갑자기 돈을 뿌리기 시작하더니 무기를 들여오고 크고 작은 민병대를 흡수했다더군요."

"결국 아마드 민병대를 꼬드겨 군벌로 성장시킨 자금이 문제였다는 거군요."

"지금까지 조사된 바로는 그렇습니다."

"아마드에게 자금을 대준 자가 누구일까요?"

"조사 중이니 조금만 더 기다려 보시죠."

누군가 숨어서 보사소를 노리는 음모를 꾸미고 있단다.

'CIA일까?'

순간 CIA부터 떠오르기는 했지만 이내 고개를 저었다.

가장 민감한 시기에 그들이 나와 WT그룹과 관련된 일을 건드릴 이유가 없기 때문이다.

시간이 걸려도 찾아야 한다. 해서 포로를 다시 심문했는데 민병대가 군벌로 성장하기 전에 기글로라는 인물이 아마드를 찾아왔다는 진술을 확보했다.

"어떻게 이런 고급 정보를 알고 있지?"

"별로 고급 정보도 아닙니다. 민병대가 커지면서 계급이 생기고 부대 편성이 이루어지기는 했지만, 그 전엔 일감 물어다 주는 아마드 말고는 모두 동등한 관계였으니까요."

"그러니까 그때 기글로란 사람을 봤다는 건가?"

"그렇습니다."

"정보가 있습니까?"

"그건 모르겠습니다."

포로가 이렇게 순종적으로 진술한다는 건 원하는 것이 있다는 것이었다. 우리는 그 포로에게 쾌적한 수용 생활을 약속했다.

포로가 진술한 기글로를 체포해서 배후를 밝혀내려면 바카드로 진격을 해야 하는데 이건 또 다른 문제였다.

"어떻게 하시겠습니까?"

"반격을 말씀하시는 겁니까?"

"네. 공격을 막아냈으니 수비만 할 것이 아니라 반격을

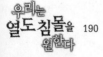

해야 하지 않겠습니까?"

"…으음, 도시 피해가 없고 공격을 잘 막아냈으나 다시 공격해 올지 모르는 일입니다. 정보도 더 모아봐야 할 것 같으니 일단 보사소를 지켜낸 뒤에 움직이죠."

"알겠습니다."

반군이 물러갔다고 해서 또 오지 말라는 법 없다. 그래서 일단은 보사소 방어를 위해서 정비하고 대처하자는 거다.

이것도 변한 내 모습이다.

예전 같았으면 기글로를 찾아내기 위해서 당장 드론부터 띄웠을 것이다. 그러나 지금은 그리 성급하게 굴 이유가 없었다.

내가 밝히겠다고 생각한 이상 밝혀질 것이기 때문이다. 한마디로 지금의 여유는 자신감에서 나오는 거였다.

"그보다 보사소 방어엔 지장 없겠습니까?"

내가 이리 말하는 이유는 간단했다.

아마드 군벌의 공격으로 쟈칼 여단에서도 수십 명이나 되는 사상자가 발생했기 때문이다.

기습을 받아서 피해가 더 큰 것이겠지만, 한편으론 평화가 이어지다 보니 방심해서 피해를 커졌다고 해도 변명의 여지는 없어 보였다.

"다소 느슨해진 감이 없진 않지만, 이번을 계기로 많은 것이 바뀔 겁니다. 방어엔 자신 있으니 지켜봐 주십시오."

"그럼 부탁드리죠."

나는 박민국 여단장을 만난 뒤로 다시 한국으로 돌아왔다. 대신 돌아오자마자 바로 청룡을 만났다.

"어때?"

"최곱니다."

앞뒤 자르고 어떠냐고 물었더니 내 말을 알아듣고 최고라고 대답했다.

청룡이 테스트 중인 것은 우리가 그렇게 원하던 것 중하나다.

수리가 인공지능을 프로그램했고, 김포 단지에서 만들어진 아트래핀 반도체를 사용해서 아테나 전술 체계를 만들어냈기 때문이다.

그리고 그 외 여러 가지도 빠르게 만들어지고 있었고, 많은 분야에서 국내 대기업들과 협업이 이루어지고 있었다.

"보사소에 먼저 보내야겠다."

"참, 전투가 있었다면서요?"

"그래. 보사소 근처에 새로운 군벌이 등장한 모양이야. 아마드란 놈인데 배후에 누군가 숨어 있어."

"배후요?"

"그래. 표면적으론 반군이 보사소를 노리는 것 같지만

배후가 누구냐에 따라서 일이 복잡해질 수도 있을 거다. 그러니까 1호는 보사소로 보내자."

"알겠습니다. 그런데 레이저 방어 체계가 노출 될 텐데 괜찮겠습니까?"

"제공권은 우리가 장악하고 있으니까 문제없을 거다. 그리고 1차와 2차 방어막은 여러 종류의 미사일로 구성하고 3차 방어막으로 레이저를 사용하면 돼. 어지간해서는 1, 2차 방어막을 뚫기도 힘들 테니까."

"그렇긴 하겠네요."

시스템이 완벽해도 상대방이 물량 전으로 나오면 여간 골치 아픈 것이 아니다.

그래서 최후의 방어막에는 노출될 것을 감안하고서라도 레이저 시스템을 구축하겠다는 것이다.

"그리고 콕스 국장과 함께 가는 것도 고려해 봐. 다른 사람이라면 몰라도 콕스 국장이라면 우리 쪽으로 끌어들일 수 있을 거다."

"알겠습니다."

"그건 그거고 결혼식 날짜는 아직이냐?"

"그건 세희 씨가 정하기로 했는데 아직 입니다."

"너무 미루지 말고 빨리하는 건 어때? 시간이 지날수록 바빠질 것 같아서 하는 얘기야."

"그래야죠."

                    *   *   *

보름 만에 중국 대사가 다시 찾아왔다.

'응? 뭐가 좀 다른데?'

그런데 한보현 실장 반응이 예전과는 좀 달라서 속으론 내심 당황스러웠다.

"크흠. 왜 답이 없는 겁니까?"

"뭐가 말입니까?"

"아니 그걸 몰라서 묻는 겁니까? 왜 5자 회담이 아니라 4자 회담이 추진되냐 이 말입니다. 제가 분명히 말씀드렸잖습니까. 철도가 연결되어도 우리 땅을 지나가는 노선이어야 한다고."

"그거야 한국 정부의 뜻인데 지금 내정 간섭하시는 겁니까?"

"뭐요?"

"우리 일이니까 신경 끄시라는 말입니다."

한보현은 이래도 되나 싶기는 해도 왕펑 대사 반응을 보고는 속이 다 시원했다.

'그러게 잘 좀 하지. 메롱이다. 이놈아.'

왕펑 대사 얼굴 시뻘게지는 속도가 눈에 보일 정도다.

"아니 한보현 실장! 지금 그걸 말이라고 하는 겁니까?"

"그럼 막걸립니까? 아, 막걸리가 뭔지 모르시려나?"

"이봐요. 지금 막가자는 겁니까? 이렇게 되면 희토류 수출 규제 들어간다는 거 모르진 않을 텐데요?"

"하세요."

"…네?"

"하시라구요."

"오호라! 지금 호주를 믿고 이러시는 모양인데 그게 마음대로 될까요?"

이 시기만 해도 중국은 호주와 가까웠다. 자기네 말고는 수입할 곳이라곤 호주밖에 없다고 생각했는지 혼자서 엉뚱한 상상을 해댔다.

"호주라니 전 모르는 말씀을 하시네요."

"그럼 어딥니까?"

"어디를 정해둔 건 아니지만 정했다고 해도 그렇지. 그걸 제가 왜 말씀드려야 합니까?"

"진짜 막가자는 거요?"

"마음대로 하세요. 우리는 중국에서 나오는 희토류 없어도 그만입니다."

"저…정말이요? 아, 아니지. 가만… 하하하하! 한 실장, 허풍이라면 이만합시다. 지금까지 건방 떤 거는 내가 이해할 테니까 사과하세요."

왕평은 제 혼자 멋대로 상상했다.

중국 사람들 허풍 심한 건 예전부터 알고는 있었지만 이런 식으로 겪어보니 정말 실없다는 생각밖에 들지 않았다.

"제가 왜 사과를 합니까?"

"그럼 이대로 수출 규제 들어가도 좋다는 겁니까?"

"나, 참. 몇 번을 말합니까? 마음대로 하시라니까요."

자리에서 벌떡 일어나서는 한보현을 검지로 가리킨다.

이건 뭐 삿대질과 다를 바 없어 보일 정도였다.

"하라면 못할 줄 알아?"

"이쯤 되면 막 가자는 거죠?"

"그건 내가 할 소리야. 이거 왜 이래?!"

"왕펑 대사님, 후회하실 겁니다."

"푸하하하하! 후회? 지금 후회라고 했나?"

"네. 후회라고 했습니다."

"정말 웃기지도 않는군. 남북한 합쳐 봐야 손바닥만 한 소국이 우리 중국 같은 대국에 해보겠다는 거야?"

"그거야 두고 보면 알겠죠. 바쁘니까 이만 가보세요."

한 실장은 왕펑 대사에게 축객령을 내렸다.

더 상대해봤자 감정만 상할 것이 뻔해서 그만 돌아가라고 말한 것이었다.

그런데 그것이 고깝게 들렸는지 자기도 모르게 손이 올라갔다. 마치 때리기라도 하려는 것처럼 말이다.

"이걸 확!"

"앗?"

시트콤을 찍는 것도 아니고 한 사람은 때리려 하고 한 사람은 얼떨결에 쭈굴하게 막는 모습을 연출했다.

"그래. 한국은 지금 당신 모습이 아주 잘 어울려. 명심하라고."

"제정신입니까?!"

쭈굴한 행동을 했던 한보현이 아차 싶은지 큰소리는 쳤다.

"큭큭큭! 한보현 실장, 나중에 무릎 꿇고 싹싹 비는 것이 눈에 보이는 듯하구만. 그럼 오늘은 여기까지만 하지."

"그거야 두고 보면 알겠죠. 남의 집에서 이러지 말고 얼른 나가세요. 이왕이면 한국을 떠나도 좋고."

피식.

"감히 내 앞에서 객기를 부리다니… 오늘 일은 잊지 않겠소."

왕펑은 화가 머리끝까지 나 주차장에서 대기 중이던 차로 돌아가자마자 본국에 연락했다.

그리고 희토류 수출 규제를 시작해야 한다고 악다구니를 부렸다.

그렇게 한참 전화를 하고는 끊었는데 아무리 생각해도 이해가 가질 않았다.

"도대체 뭘까?"

"네?"

"신경 쓰지 말고 자넨 운전이나 해."

"아! 네."

운전기사가 자기에게 말하는 줄 알고 대답했다가 무안만 당했다.

그러나 왕펑은 그러거나 말거나 한보현 실장이 왜 당당하게 나오는지가 더 궁금했다.

'하아… 답답해 미치겠네. 뭐가 있기는 있는데 당최 모르겠단 말이지.'

* * *

"장군! 예상대로 놈들 전력이 너무 막강합니다."

"그건 나도 알아. 이제 어떻게 하는 것이 좋겠는지나 말해 봐."

아마드와 카히드가 머리를 맞대고 앉아 있었다.

그들은 한 번의 패배로 잔뜩 주눅 들어 있었다.

"이럴 때 미사일이라도 있다면 딱인데 아쉽네요."

"미사일?"

"생각해 보십시오. 미사일이 있다면 놈들 지휘부를 단박에 박살내 버릴 수 있지 않겠습니까?"

"음……."

"그리고 그게 아니더라도 보사소 시내를 박살낸다면 놈들에게 타격을 주기엔 충분하다고 생각합니다."

"하지만 미사일이 한두 푼 하는 것도 아니고 구한다 해도 여기까지 운반하는 것도 문제 아니겠어?"

"돈만 준비하면 운반이야 무기상이 알아서 할 겁니다."

미사일을 어떻게 운반하느냐 하는 것은 쓸데없는 걱정이다.

무기상은 입금만 되면 어이든지 가니까.

"기글로를 만나서 담판을 지으란 말이지?"

"가능하시겠습니까?"

"지난번에 받아낸 돈이 3백만 달러야. 그때는 그 정도가 한계라고 했는데 가능할지 모르겠군."

"기글로 뒤에 누가 있는지 모르겠지만 그놈들도 보사소가 박살나는 것을 바라고 있는 겁니다. 그러니 단거리 미사일 정도는 구할 수 있을 겁니다. 단거리 미사일이라면 가격도 얼마 하지 않으니까요."

어떻게 보면 억지스러운 주장인데 기글로가 만난 스즈끼는 놀랍게도 미사일을 구해주겠다고 했다.

그리고 나서 시간이 지났는데 놀랍게도 스즈끼는 대전차 미사일을 비롯해서 중, 단거리 미사일 20여 발을 구해서 가져왔다.

출처는 어쩌면 당연하게도 러시아였다.

아마드는 자기 앞마당까지 배달된 미사일을 보면서 상기돼 있었다.

"거짓말 같군. 카히드, 자네는 이게 믿겨지나?"

"어느 정도는 예상했습니다만 생각보다는 수량이 많군요."

"하하하! 기글로 뒤에 누가 있는지는 모르겠으나 어지간히 급한 모양이야."

"러시아제 무기를 들이민 것을 보면 미국이나 유럽은 아닌 듯한데 도대체 누굴까요?"

"누구면 어때? 우린 보사소를 차지하는 거야. 포로로 잡혔다가 도망친 놈이 있는데 그놈 하는 말을 들어보니 협곡에 물이 가득 찼다고 하더구만."

"협곡에 말입니까?"

보사소 근처의 거대한 협곡은 어느 샌가부터 보사소 협곡으로 불리기 시작했고, 이제는 그게 당연하게 느껴졌다.

"그래. 자네도 알잖아. 그 협곡이 얼마나 길고 거대한지."

"물론입니다."

"그뿐만이 아니야. 왜 사람이 몰려드나 했더니 밤새 가로등이 꺼지지 않는다고 하지 뭐겠어."

"전기가 남아도는 모양이군요."

"그러니 사람이 모여드는 거겠지."

보사소에 대한 소문은 소말리아 북부를 강타하고 있었다.

그게 사실이다 거짓이다 의견이 분분해서 가보지 않은 사람들은 대체로 믿지 않는 편이었다.

중앙아프리카에 전기가 남는 도시는 극히 보기 드무니까.

"보사소 인구가 100만 명이 넘었다는 소문이 돌던데 사실일까요?"

"물과 전기가 넘치니 아마도 사실이겠지. 뿐만 아니야. 내가 들은 얘기론 협곡 근처로 대규모 농지가 조성되고 있다더군."

"농지까지 말입니까?"

"그래. 한마디로 자급자족이 가능하다는 거지."

"하긴. 그러니까 사람이 모여드는 거겠죠."

"보사소를 차지하기만 하면 소말리아 전부는 아니더라도 북부를 차지하는데 지장 없겠어."

"과연 그렇겠습니다. 장군."

아마드에 대한 호칭이 사령관에서 장군으로 바뀌었다.

민병대 규합으로 세력이 커지다 보니 사령관이란 호칭을 여러 지휘관에게 나눠주기 위해서 아마드를 장군이라도 부르기 시작한 것이다.

"카히드, 미사일도 왔겠다. 힘내서 다시 시작해 보자고."

"물론입니다. 장군."

병력 숫자만 보면 아마드 군벌이 두 배가 넘었다.

그러나 무기의 질적인 면을 보면 보사소 시 외곽 경계를 맡은 용병에 비할 바가 못 되었다.

그래도 미사일이 확보됐으니 해볼 만하다고 생각했는지 곧장 공격 명령을 내렸다.

이틀 뒤 물러난 거리만큼 다시 진격했고, 처음엔 박격포 공격과 함께 돌격대를 내보냈다.

"카히드 사령관님! 박격포 자리 잡았습니다."

"뭐 하고 있어. 어서 발사해. 이번에야말로 끝장을 내자고."

"발사!"

카히드가 명령을 내리고 잠시 뒤 피융 하는 박격포 특유의 포탄 날아가는 소리가 고요하던 하늘을 수놓았다.

"흐흐흐! 니들은 다 죽었어."

카히드는 놈들이 오해하기를 바라고 있었다. 고작해야 박격포가 다라고 말이다. 그리고 방심할 즈음 이번에 확보한 미사일을 퍼부을 생각이다. 그런데…….

"어?"

"왜 그래?"

"저, 저거…….."

퍼엉!

당연히 적진에 떨어져서 폭발해야 할 포탄이 공중에서 터져나가는 것이 아닌가?

"뭐가 어떻게 된 거야?"

"포탄이 저격당하고 있습니다."

"그게 말이 돼?"

"하지만 저기……."

믿기 힘든 일이 벌어지고 있었다.

미사일을 요격한다는 말은 들어봤어도 박격포 포탄이 요격당하다니…….

어떻게 이런 일이 벌어진다는 말인가?

카히드가 가진 뇌 용량으로는 이해할 수 없는 일이 일어나고 있었다.

"미치겠군. 뭐 날아오는 것도 없었잖아. 그런데 어떻게 요격한 거지?"

작은 드론이 눈에 쉽게 포착될 리가 없으니 카히드의 반응은 당연했다.

참 공교로운 것이 놈들은 보사소에 아테나 체계가 갖춰진 다음 날이었다.

아테나 체계가 아니어도 박격포 정도엔 당하지 않았겠지만, 아테나 체계로 인해서 훨씬 더 완벽해졌다.

"카히드 사령관님, 어떻게 할까요?"

"어쩌긴. 다 퍼부어! 아주 박살을 내버리자고."

"넵! 바로 발사하겠습니다."

카히드는 그리 말하고 무전을 통해 미사일까지 발사하라고 다그쳤다.

그리고 잠시 뒤 S—300 8기가 연속으로 발사되었다.

4기는 대치중인 용병들에게, 나머지 4기는 보사소 시가지를 향한 거였는데 놀랍게도 상승 단계에서 모두 요격당하기 시작했다.

쾅! 쾅! 쾅…….

"……."

입이 쩍 벌어지는 광경에 카히드는 아무런 말도 할 수가 없었다.

보사소에 불기둥이 솟아올라야 하는데 외려 어렵게 구해 온 미사일이 아작 나고 있으니 기가 차고 어이가 없었다.

"뭐가 어떻게 돌아가는 거야?"

"……."

후방에 있어야 할 아마드가 전진기지에 나타났다.

언제든 폭격당할 수 있는 곳이라 아마드가 이곳에 나타난 것은 이례적인 일이다.

그런데 박격포 포탄이 요격 당했다는 말에 놀라기도 하고 무슨 일이 일어나는지 궁금해서 달려온 것이다. 그 와중에 미사일이 격추되는 장면도 목격했고 말이다.

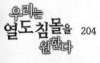

"뭐라고 말 좀 해보라니까?"

"그, 그것이 놈들에게 미사일도 떨어트리는 첨단 무기가 있는 모양입니다."

"미치겠군. 지금 그걸 말이라고 하나."

"그게 아니라 조금 전에 보셨잖습니까? 보란 듯이 미사일을 격추하는 걸 보니 더 이상 접근하면 가만있지 않겠다는 걸 보여주는 거 아니겠습니까?"

"뭐?"

"죄송합니다만 본대로 말씀드렸을 뿐입니다."

"그래도 그렇지. 저놈들은 용병이지 미군이 아니잖아. 그리고 용병 주제에 미사일 요격이라니. 그게 말이 된다고 생각해?"

"죄송합니다. 장군!"

"어? 저게 뭐지?"

카히드 눈에 이상한 것이 들어왔다.

그의 시선이 하늘로 향하자 병사들 모두가 고개를 들어서 하늘을 바라보았다.

"저놈들이 언제 공격해 올지 모르는 판국에 지금 한가하게 새 떼나 보고 있을 땐가?"

"장군! 새가 아닙니다."

"무슨 소리야. 저게 새가 아니면 뭔데?"

"어?"

새라고 하기엔 너무 규칙적으로 하늘을 날고 있었다. 그리고 다른 방향도 아니고 자기네 방향으로 곧장 날아 오고 있으니 시선이 갈 수밖에 없었다.

"뭐야 저거?"

작은 프로펠러가 돌 때 나는 소리가 귀에 들여올 때쯤 누군가 총을 쏘기 시작했고, 그것은 공포가 되어서 병사 들에게 전염되었다.

탕! 탕! 탕!

드르르륵—

펑!

간혹 총알에 맞은 드론이 폭발하기도 했지만, 대부분은 그대로 땅으로 곤두박질쳤다.

그리고 한 호흡 정도의 찰나의 순간 연쇄 폭발이 일어 나기 시작했다.

"와! 종말 단계에 도달하기도 전에 모두 요격됐어. 여 단장님! 대성공입니다."

그는 진심으로 감탄했다.

"이럴 거라고 듣기는 했지만 내 눈으로 보고서도 믿기 힘들군. 아테나 전술 체계가 이런 거였나?"

"전 그저 우리 무기여서 다행이란 생각뿐입니다."

"그러게 말이야."

"이게 알려지면 난리가 나겠는데요?"

"그렇겠지. 참! 이럴 때가 아니지. 공격 받았으니 답례를 해줘야겠지. 당장 진격해. 이번 참에 반군 씨를 말리자고."

지금 감탄만 하고 있을 때가 아니다.

놀란 건 놀란 거고 지금은 넋 빠진 반군을 요리해야 할 때였다.

"네. 여단장님!"

쟈칼 여단은 박민국 여단장의 지시로 드론 폭격에 살아남은 반군을 쓸어버리기 위해 진격했다.

하필 아마드와 카히드까지 한 자리에 있다가 폭사해서 그런지, 반군은 이미 반군이란 이름이 어울리지 않을 정도로 지리멸렬해 있었다.

산발적으로 저항이 있기는 했지만, 대부분은 총을 버리고 도망가기에 바빴다.

전투는 허탈할 정도로 싱겁게 끝나버렸다.

전장 정리를 하는 가운데 포로들에게서 아마드와 2인자인 카히드까지 전사했다는 정보를 입수할 수 있었다.

아마드 군벌이 보사소를 노리고 진격했다가 박살났다는 소문은 삽시간에 소말리아를 강타했다.

소문은 꼬리에 꼬리를 문다고 했다.

아마드 군벌과의 전투를 계기로 보사소는 소말리아 북부의 강자로 다시 태어났다.

어떻게 보면 보사소는 독립국과 같은 지위를 지니게 된 것이다.

말이 같은 나라지, 모가디슈를 점령한 것도 반군들이라 그런지 이제 소말리아 국민은 보사소를 장악한 용병들도 강력한 군벌로 인식한 것이다.

여하튼 보사소로 사람들이 몰려들고 있다는 것이 중요했다.

"아마드가 죽고 카히드까지 폭사해서 배후를 밝혀내지 못한 것이 아쉽군."

"한 가지 방법이 있기는 합니다."

"뭐지? 우리는 기글로라는 이름밖에 모르는데."

"바로 그겁니다."

"그거라니?"

"이쪽에서는 많이들 써먹는 방법인데 우리가 알고 있는 그 기글로란 이름에 현상금을 거는 겁니다."

"현상금을 걸자고?"

"네. 이번 전투로 민병대가 와해되기는 했지만, 패잔병들은 다시 바카드로 들어가서 크고 작은 민병대를 조직하게 될 겁니다. 현시점에서 그들에게 제일 아쉬운 것은 일감입니다."

"음……."

"여차하면 카바드를 보사소 위성 도시로 만드는 방법

도 있습니다."

보사소가 팽창하고 있어서 곧, 위성 도시가 필요한 것도 사실이다. 하지만 보사소 위성 도시는 동쪽이 아니라 서쪽에 필요했다.

"바카드는 적합하지 않아. 보사소 협곡이라면 또 모를까."

"어쨌든 현상금을 걸면 기글로란 놈이 어떤 놈인지 낯짝 정도는 볼 수 있을 겁니다."

"좋아. 데리고 있어 봤자 식량만 축내니까 이왕이면 포로를 이용하는 것이 좋겠는데… 아! 그렇지. 아마드에게 불만을 가졌던 포로가 있는지 알아보고 그들을 풀어줘. 정보를 알아 오면 현상금을 주겠다고."

"그렇게 하겠습니다."

포로가 제법 많아서 그들을 어떻게 할지도 골칫거리였는데 기글로란 놈을 찾아내면 현상금을 주겠다고 하면서 일부를 풀어 주었다. 식량과 약간의 돈까지 줘가면서 말이다.

이후 기글로란 이름을 가진 남자를 몇 명 찾아내기는 했는데 우리가 찾는 그놈은 아니었다.

"기글로라는 이름이 가명이었을까요?"

"글쎄, 아마드가 실패했으니 제거되었을 가능성도 없진 않을 거야."

"…으음, 그렇겠네요."

"시간이 걸리겠지만 더 찾아봐야지."

"어떻게 말입니까?"

"자넨 공부를 좀 더 해야겠군."

"네?"

"아테나 체계에는 정보 수집에 관한 메뉴얼도 있다는 말일세."

"아!"

"이제 생각났나?"

"네. 기억이 납니다."

아테나 체계는 공격과 방어도 하지만 정보 수집도 가능했다. 이미 수천 대를 보유한 드론을 이용한다면 바카드 정도 규모의 도시는 충분히 커버하고도 남았다.

"일단 기글로란 이름을 가졌다고 제보된 놈들 위주로 감시하되 점차 범위를 확대해 보자고."

"알겠습니다."

복수하는 방법

한일 관계가 극으로 치닫고 중국이 희토류를 수출 규제한다고 발표해도 한국은 다른 뉴스로 시끄러웠다.

이런 걸 두고 천지가 개벽한다고 하는 걸까?

바로 6.25 전쟁 종전 협상 때문인데 4자 회담이 진전을 보이면서 비무장 지대 지뢰 제거가 시작되고 연일 시끄럽던 대남 방송, 대북 방송이 중지되었다. 뿐만 아니라 거의 동시에 유해 발굴이 시작되었다.

"이산가족 상봉은 곧 시작될 거고 종전 선언과 동시에 철도 연결만 하면 통일로 가는 대역사가 시작되겠군."

"축하드립니다. 대통령님!"

"임기도 다 됐는데 내가 축하받을 일은 아니잖아."

"시작은 강백호 대표가 했지만, 대통령님 아니었다면 이렇게 되진 않았을 겁니다."

"그런가?"

"당연한 일입니다. 대통령님!"

"한 실장."

"네. 대통령님."

대한민국 14대 김영우 대통령은 기분이 묘했다. 임기는 고작 두 달 남았는데 이 와중에 모든 뉴스는 종전 협상이 절반, 차기 대통령 선거로 절반으로 양분돼 있었다.

"아무래도 다음 대통령은 민국당 후보가 유력한데 지금 진행되고 있는 일들이 무리 없이 진행될까?"

"걱정되십니까?"

"걱정보다는 이 모든 일에서 물러나야 한다는 사실에 마음이 허해서 말이야."

지금까지 권력의 정점에 서 있었고, 거의 모든 날 TV와 각종 언론에 자신의 이름이 오르내렸다. 힘들고 긴장된 나날이었지만 임기 두 달이 남은 지금 생각해 보니 그걸 즐겼었던 것 같다. 그걸 알게 된 지금은 이 모든 걸 두고 떠나야 한다는 것이 두렵고 허탈하고 가슴 한편이 휑하니 빈 것 같았다.

"평생을 정치판에 계셨고, 대통령까지 하셨는데 아직도 할 일이 남았다고 생각하십니까?"

"자넨 아직 젊어서 이해하기 힘들 거야."

"사실은 저도 고민이 많습니다. 대통령님 임기가 끝나면 저도 뭘 해야 할지 고민이 많거든요."

"청와대 비서실장까지 한 사람은 정치판에서 가만 내버려 둘리 없으니 걱정할 거 없네. 그래도 나랑 함께 정국을 이끌었으니 차기 총선에서 공천 정도는 받을 수 있을 거야."

"될까요?"

"그리 걱정되면 내가 당부의 말 정도는 해주지."

"감사합니다."

한보현은 일어나서 허리를 90도로 숙여서 인사했다. 대한당 텃밭에서 공천만 받으면 국회의원 한 자리를 따놓은 당상이라 미래는 보장되는 거였다. 허리를 90도로 숙이는 것만으로는 모자랐으나 지금은 이 정도로 충분했다.

"그건 그거고 희토류 문제까지는 해결해야 하는데 걱정이군."

"너무 걱정 마십시오. 강백호 대표가 대체 기술이 있다고 했으니 거짓말은 아닐 겁니다."

"언제나 그렇지만 실체적 진실이 필요한 법이야. 미국

이 협조적으로 나온다고 해서 평화 무드가 조성되고는 있지만, 아직 뭐 하나 검증된 것이 없지 않은가."

"그렇긴 하지만 미국이 저리 나오는 것에는 다 이유가 있지 않겠습니까?"

"으음."

"그리고 아직 정해진 것은 아니지만 단계적으로 주한 미군을 줄여나간다는 계획이 추진된다고 하잖습니까? 미국이 저리 나오는 걸 보면 강 대표 말이 신빙성이 있다는 증거 아니겠습니까?"

"그건 나도 들었네만 그래서 더 모르겠다는 말이지. 미국이 도대체 뭘 보고 그렇게까지 하냔 말이야."

대통령이 걱정하는 것도 일리는 있었다.

이 모든 일의 발단이 된 아테나 전술 체계는 아직 세상에 정체를 드러내지 않았으니까.

하지만 대통령이 모르는 것이 있었다. 그것은 바로 보사소에서 일어난 작은 전투의 결과인데 놀랍게도 보사소에는 미 국방성 전략무기 개발국 콕스 국장이 청룡의 요청에 따라 함께 했었기 때문이다.

그는 보사소에 머물면서 아테나 전술 체계가 어떻게 반응하고 아마드 군벌을 막아내는지를 직접 보고 체험했다. 그 뒤로 단계적 주한 미군 철수 계획이 논의될 거란 말이 흘러나온 거였다.

철도 연결이 논의되고 있으나 아직은 첨단 기술인 루프 스테이션에 관한 소식은 발표되지 않았다. 지금 건설 기술로는 루프 스테이션을 건설하는데 최소 10년은 예상해야 하기에 당장은 철도를 연결하는 것이 중요해서다.

아무튼 지금은 이런저런 일로 몹시 바쁘게 지내고 있었다.

"손님 주문 도와드리겠습니다."

"블랙커피로 주세요."

"네. 손님!"

유일하게 누리는 호사다.

서울에 있을 때는 점심 먹고 들러서 블랙커피 한 잔하는 것이 루틴이다.

그런데 커피가 오기 전에 묘령의 아가씨가 앞자리에 앉았다. 그것도 한국인이 아니라 아랍계 여자인데, 꽤 미인이었다. 해서 왜 그 자리에 앉는 지보다는 누군지가 더 궁금했다.

"누구?"

외국인이라 나도 모르게 영어가 튀어나왔다.

"혼자시네요?"

"네. 그쪽도 혼자구요."

"이런 일이 많은가 봐요. 별로 놀라질 않으시는 걸 보니."

"거의 없습니다. 그쪽이 미인이라 참는 중이고."

"호호호! 미인이란 말은 듣기 좋네요. 칭찬받았으니 솔직히 말할게요."

피식.

"저야 그럼 좋죠."

누군지 모르겠으나 신경전이나 벌이려고 했으면 이렇게 모습을 드러내지도 않았을 것이다. 그녀의 정체가 의문이기는 하지만 어느 나라의 정보 요원쯤 되지 않을까? 하는 의심을 하는 중이다.

"모사드 요원 소피에요."

역시. 예측대로 요원이 맞았다.

"모사드면 이스라엘이군요."

"네."

"모사드에서 왜 절?"

"뭐겠어요. 아테나 전술 체계 때문이죠."

"미국이 끼어 있고 당장은 어떤 우방국과도 협의하기 어려운 사안인데 갑자기 나타난 이유가 궁금하군요."

조금 전에 아름다운 얼굴에 혹했던 흑심이 순식간에 사라졌다. 모사드라면 꽤 악명이 자자해서 어떻게 보면

CIA보다 더 조심해야 할 조직이라 그렇다.

"한 가지 선물이 있어서 혹시나 하구요."

"선물이라면 어떤 걸 말하는 겁니까?"

"보사소 경계에서 일어난 국지전에 관한 정보라면 도움이 될까요?"

"배후를 안다는 겁니까?"

"네."

"그거라면 시간문제일 뿐 우리도 알아낼 수 있습니다."

"그래도 시간은 아까운 거니까 절약하면 좋지 않을까요?"

피식.

나랑 밀당을 하는 것 같아서 웃음이 났다.

"그거 좀 알려주고 아테나 전술 체계를 논하는 건 뭐가 좀 부족하다는 생각 안 듭니까?"

궁금하긴 하지만 그 정도 정보로는 등가 교환이 불가능하다. 내게서 협조하겠다는 말이 나오려면 더 큰 것을 내놓아야 하는 거였다.

"중국의 방해를 막아주는 건 어때요?"

"어떻게 말입니까?"

"예를 들면 위구르 독립 같은 거요."

"이쪽에 쏠린 시선을 돌려주겠다는 거군요."

"맞아요."

"가능하겠습니까?"

"물론이에요."

"그렇다고 아테나 전술 체계를 주겠다는 건 아닙니다."

"미국 허락을 받아오라는 건가요?"

"글쎄요. 미국이 허락하고 말고 할 일이 아닙니다. 아테나 전술 체계는 우리 WT가 가진 기술이니까. 제 말은 제대로 된 대가를 지불하라는 겁니다."

등가 교환은 물론이고 나와 WT그룹이 챙겨야 할 실속은 챙겨야 한다. 그래서 합당한 대가를 지불하라는 거다. 내 말에 그녀는 샐쭉한 표정을 지었다.

'젠장! 더럽게 이쁘네.'

귀엽다는 생각이 들어서 그런지 그녀의 미모를 무시하기 힘들었다. 조금 전까지는 무시하려고 했는데 수진과 헤어진 다음이고 청룡이 결혼을 앞둬서 그런지 금방 또 흔들렸다. 그렇다고 뭘 어떻게 해보겠다는 건 아니었다. 그런 마음을 먹을 정도로 여자를 잘 알지 못해서다.

"돈은 문제가 안 되는 조건인데 다른 조건이 있을까요?"

"그렇다면 먼저 정보를 듣고 긍정적으로 생각해 보죠.

이제 말해봐요. 배후에 누가 있는 겁니까?”

“일본 내각조사실에서 공작한 거예요. 현지에는 스즈끼란 요원이 바카드 외곽에 숨어 있고요.”

“증거는 있습니까?”

“여기요.”

그녀는 스즈끼란 요원이 숨어 있는 곳에 대한 정보와 기타 자료가 담긴 CD 한 장을 테이블에 올려놓았다.

“적당한 때에 협상단을 보내죠.”

“여기로 연락주세요.”

딸랑 전화번호만 적힌 명함을 내밀었다.

“그리고 아무리 미인이라도 제 휴식을 방해받는 건 그다지 유쾌하지 않군요. 다시는 이런 식으로 방해하지 마세요.”

“후후, 그러죠.”

그녀는 싱긋 웃고는 사라졌다.

‘지가 신기루야? 뭐야?’

훅 왔다가 사라지는 그녀 뒷모습을 보다가 속으로 그런 생각을 하는데 살짝 어이가 없어서 웃음이 났다.

“그나저나 또 일본이란 말이지?”

애꿎은 민간인이 다칠까 봐 애써 참고 있는데 이놈들이 자꾸 신경을 건드린다. 아직은 때가 아니라 실력 행사에 나설 생각은 없지만, 선물을 받았으니 답례를 해야 할 듯

했다. 식은 커피를 후루룩 마시고 사람이 없는 조용한 곳
으로 이동했다.

"수리야 듣고 있어?"

—네. 백호님.

"이렇게 빨리 포세이돈 작전을 실행할 줄 몰랐는데 말
이야."

—선견지명이 있으셨던 모양입니다.

"하하하! 그런 말도 할 줄 알아?"

—한국에서는 사자성어도 많이 사용하는 것 같아서 써
봤는데 마음에 들지 않으세요?

"아니야. 아주 좋은 표현이었어. 그리고 송골매 보내서
포세이돈 작전 실행해."

—칭찬 감사합니다. 그럼 포세이돈 작전 실행합니다.

뭐 거창한 작전은 아니다.

언제 어느 때 실행할지 몰라서 수리와 미리 세워뒀었
다. 일본 해상 자위대가 소유한 전함들을 무용지물로 만
드는 작전이었다. 이 작전은 얼마 전 동해에서 일어났던
순시선 사건 이후에 수립한 거다.

해상자위대 전함에 EMP탄을 터트려서 겉만 번지르르
한 껍데기로 만드는 작전이다. 아직은 전쟁을 치르기엔
준비가 부족하고 무고한 인명피해를 원하지 않는 시점

이라 포세이돈 작전이 제격이라고 생각해서다.

하여튼 인공지능의 명령 아래 송골매 드론이 빠르게 일본으로 출격했다. 송골매가 향한 곳은 일본 해상자위대 주요 함대 기지가 위치한 오미나토, 사세보, 마이즈루, 쿠레, 요코스카 함대 기지였다.

세 시간에 거쳐 각 기지로 이동했고, 그때마다 구축함과 호위함 등에 EMP탄이 부착된 부엉이 드론을 출격시켰고, 송골매 드론이 한국 영공으로 들어선 직후 동시에 작동시켰다.

EMP탄이 터지면서 심각한 타격을 입혔는데 구축함 32척, 호위함 3척, 기뢰소해함 31척, 잠수함 11척, 기타 순시선과 측량선 또한 50여 척이 EMP탄에 당했다.

이는 일본 해상자위대 전체 전력의 7할에 해당하는 전력으로 사실상 최소 3개월은 해상 전력이 무력화되었다고 봐도 무방했다.

*　*　*

하룻밤 사이에 이런 일이 벌어졌으니 일본엔 난리가 났다.

그중에서도 내각조사실 이가와 실장은 아주 심각했다.

치지직!

"응?"

누가 한 짓일까?

이가와 실장이 골머리를 썩고 있는데 갑자기 책상 모퉁이에 자리 잡은 모니터 화면에서 백색 소음이 들리더니 화면 하나가 떴다.

[하이!]

"너…넌?"

[그래. 나야. 강백호.]

모니터에 등장한 인물은 바로 나였다.

아주 우수한 성능의 인공지능 수리가 해킹을 시도했고, 내 메시지를 전달하기 위해서 이가와 실장 책상에 있는 컴퓨터에 도달했다.

"어, 어떻게?"

[궁금하겠지만 참아. 내가 말해 줄 의무는 없으니까.]

"지, 지금 뭐 하자는 거야?"

생각보다 많이 당황하고 있었다.

일본 스파이들의 대장이란 놈이 배포가 이래서 되겠나 싶은 생각이 들 정도였다.

[진정해. 할 말이 있어서 이런 거니까.]

"뭐, 뭐냐? 할 말이란 게."

[왜 그랬어?]

"뭐?"

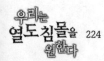

[왜 그랬냐고.]

"무슨 말을 지껄이는 거냐?"

[보사소에서 왜 그랬냐고.]

"미친 새끼! 뭐라고 지껄이는 거냐?"

이가와는 이제 좀 정신을 차렸는지 침착해진 목소리로 시치미를 뗐다.

하지만 복잡한 심경이란 것은 목소리만 들어도 알 수 있었다. 단지 아쉬운 것은 이가와를 놀래주려고 모니터에 내 얼굴을 나타내기는 했으나 그가 보이진 않는다는 것이다. 수리가 해킹에 능해도 카메라가 없는 한 이가와를 볼 수 있는 방법은 없었으니까. 드론을 보낼까 하다가 굳이 그럴 필요까지는 없을 것 같아서 이렇게라도 하는 거였다.

[보사소에서 왜 그랬냐고 하잖아.]

"난 모르는 일이야."

[모사드 요원에게서 정보를 받았는데도 시치미를 뗄 셈이냐?]

"어디서 수작질이야. 난 모르는 일이니까 다른데 가서 알아봐."

[그럼 좀 미안한데?]

"뭐?"

[내가 말이야. 니들이 한 짓 때문에 열 받아서 해상자위

대 전함들 손 좀 봤는데 말이야.]

"……."

[왜 말이 없지?]

"지, 지, 지금 뭐라고 했지?"

어쩔 줄 몰라 어버버하는 모습이 보이는 듯했다.

음모를 꾸며서 나를 곤란하게 만들어 보겠다고 보사소에 전쟁을 일으키려고 했는데, 그것도 여의치 않았는데 이렇게 심각한 반격을 당했으니 속이 썩어 문드러지고 있었다.

[큭큭! 많이 놀랐나 보네?]

"이런 미친 작자를 보았나. 지금 네가 한 짓이라고 밝히는 거냐?"

[맞아. 그거 내가 했어. 니들이 보사소에서 한 짓을 알게 됐거든. 이 정도로 끝낸 걸 다행으로 알아. 그리고 앞으로 할 말 있으면 정당하게 말해. 뒤에서 음모나 꾸미지 말고. 내 말 알아듣겠어?]

"미친 소리 그만해. 음모라니. 내가 말했잖아. 우린 아니라고."

[우기는 것이 니들 전문이긴 하지만 이미 드러난 일인데도 아니라고 우기다니 정말 가소롭군.]

"미친 새끼! 그러고도 무사할 것 같아?"

[경고하는데 또다시 수작질을 부린다면 이 정도로 끝

나지 않아. 또 그런다면 다음엔 작전 중인 함선까지 전부 찾아내서 박살을 내줄 거야.]

"······."

[뿐만 아니라 함대 기지에 속한 항공기는 물론이고 바다에 떠다니는 선박이란 선박은 모조리 박살을 내줄 거다.]

아직은 무슨 소린지 모를 거다.

내가 하는 말이 정말인지 의심부터 하고 볼 거니까.

아마도 한국에 그런 기술이 있었어? 하는 의문이 들겠지. 하지만 결국에 깨닫게 될 거다. 지들은 한국에 절대 안 된다는 것을 말이다.

"그래. 실컷 지껄여 봐."

[아! 한 가지를 깜빡했군. 다음엔 이가와 너부터 조져 놓을 테니까 한번 까불어 봐.]

"어디 한번 마음대로 해봐. 나도 가만있지는 않을 테니까."

[총리에게 가서 말해. 니들 내각조사실 요원 때문에 함대가 무용지물이 됐다고.]

"빠가야로! 당장 꺼져 버려."

[오케이. 오늘은 여기까지.]

치지직!

1초 백색 소음 뒤에 모니터가 꺼졌다.

"뭘 어떻게 한 거야?!"

모니터가 꺼지자 자리에서 일어나 괜히 모니터 앞, 뒤를 살피면서 뭐라도 수상한 것이 없는지 살펴보았으나 눈에 띄는 것은 없었다.

딸깍!

문이 열리고 유럽과 아프리카를 담당하는 4부장 하세가와 부장이 들어왔다.

"어서 와."

"실장님! 좋지 않은 소식입니다."

"지금 좀 예민하니까 빙빙 돌리지 말고 바로 말해."

"아, 네…! 조금 전에 확인했는데 소말리아에 파견 나간 스즈끼 요원과 연락이 끊겼습니다."

조금 전에 한국 놈과 신경전을 벌였는데 공교롭게도 연이어 나쁜 소식이 전해졌다.

"스즈끼가?"

"네."

"작전 실패로 몸을 숨긴 건 아닐까?"

"그렇게도 볼 수 있겠지만 비상 연락도 안 되는 걸 보면 신변에 이상이 생긴 것이 확실해 보입니다."

"지금 그게 중요한 게 아니잖아."

"그렇긴 합니다."

요원 한 명 실종된 것보다는 주요 함대 기지에 일어난

일이 훨씬 중요하다는 뜻이다. 이가와 실장은 현장 요원을 소모품으로밖에 생각하지 않았다.

"뭐 보고된 거라도 있어?"

"EMP로 의심되는 거 말고는 아직입니다."

"난리들 났겠군."

"전체 전력의 7할에서 8할까지 망가졌으니 곧, 후폭풍이 몰아칠 겁니다."

"그렇겠지. 아, 혹시나 해서 말하는 건데 우리가 소말리아에서 뭘 했다는 건 절대 비밀이니까 이번 작전과 관련된 요원들 전부 입단속 시켜."

"네. 실장님!"

"나가 봐."

"네. 그럼……."

하세가와 부장을 내보내고 안절부절 못하고 있는데 총리가 부른다는 연락을 받았다. 최대한 담담한 표정을 유지하려고 노력하면서 총리관저로 이동했다.

"부르셨습니까."

"알아낸 거 없나?"

"죄송합니다. 각하!"

"이상하군."

"뭐가 말입니까?"

"자네 말이야."

"제가요?"

"지나치게 침착해서 하는 말이야. 지금 해상자위대 막료장이고 뭐고 난리가 났는데 배후를 찾아내야 할 자네가 이렇게 침착하다니 평소답지 않단 말이지."

총리는 총리대로 핑계를 찾고, 해상자위대 고위 장성들 또한 서로 책임을 회피하는 중이다. 여기서 까딱 잘못했다간 덤터기를 쓸 수 있으니 말 한마디라도 실수해서는 안 되는 거다.

"저라도 침착해야 하지 않겠습니까?"

"그런가?"

"네. 각하. 당황스럽지만 침착함을 유지하려고 노력 중입니다."

"알았네."

"부르신 이유가……?"

"뭐겠나? EMP탄에 당했다는데 뭐라도 찾아내야지."

"알겠습니다. 각하!"

* * *

레이더에 잡히지 않는 송골매 한 대가 수행한 일은 어마 무시한 결과를 낳았다. 논란 중에도 매일 독도 해역에 나타났던 순시선과 측량선이 사라졌고, 동해 어디에도

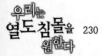

해상자위대 전함이 보이질 않았다.

"소식 들으셨습니까?"

"무슨 소식이요?"

콕스 국장이 한국에 들어오자마자 날 찾아왔다.

대충 무슨 얘기를 하는지는 알겠는데 대뜸 내가 했다고 말하기도 뭐하고 해서 모른 척했다.

"일본 해상자위대 함대 기지에 EMP 공격이 있었다고 하더군요."

"그 얘기라면 들었습니다."

"주요 함대기지 다섯 곳이 동시에 당했는데 이 정도 대규모 작전이 벌어지는데 아무도 몰랐다는 건 실로 가공할 작전 능력을 이미 보유했다는 의미입니다. 그래서 여쭤보는 건데 혹시 WT PMC(주)에서 나선 일입니까?"

"글쎄요."

"부인하진 않는 걸 보면 어떻게든 관련돼 있다는 뜻이군요."

콕스 국장이 말하면서 내 눈치를 본다.

눈빛을 보니 뭘 어떻게 한 거냐고 알려달라고 하는 것 같았다.

"뭐, 거짓말하긴 좀 그러네요."

"많은 병력이 움직여야 가능한 일인데 어떻게 감쪽같이 해낸 겁니까?"

"궁금해 하시니 한 가지만 알려드리죠. 만약에 말입니다. 레이더에 걸리지 않고 빨리 움직일 수 있는 전략 항공기가 있다면 가능하지 않을까요?"

"레이더에 걸리지 않는 전략 항공기……."

머리를 굴려보지만, 짐작조차 되지 않는 말이다.

"만약에 그렇다는 겁니다."

"제게는 레이더를 무력화할 수 있는 기술이 있다는 걸로 들립니다만……."

지금 다른 말은 귀에 들어오지도 않았다.

일본이 가진 무기는 대부분 미국에서 수출된 것들이다.

다시 말해서 일본이 뚫렸다면 미국도 뚫린다는 거다.

한국이 우방이라 해도 이래선 곤란하다는 생각밖에 들지 않았다.

"그냥 그렇다는 거지. 그런 기술이 있다곤 안 했습니다."

"대표님!"

"제 부탁 한 가지만 들어주시면 속 시원하게 알려드리죠."

"뭡니까?"

"일본을 도와주지 마세요."

"네?"

"함정 수리와 관련해서 일본을 도와주지 말라는 겁니다. 그리고 향후 무기 수출도 금지했으면 하는데 그건 선택에 맡기죠."

미국이 도와주지 않는다면 3개월 걸리는 일도 6개월로 늘어나고 언제 수리될지 막막해지는 거다.

방법이야 많지만, 미국과 일본을 떨어트려 놓으면 일본을 상대하는데 훨씬 더 많은 도움이 될 것 같아서 하는 말이다.

"제가 결정할 수 있는 일은 아니지만 노력해보겠습니다."

"…으음."

"당장은 제가 할 수 있는 최선입니다."

"그렇긴 하겠네요."

"제가 모르는 레이더 회피 기술이 있는 겁니까?"

"회피란 말은 어울리지 않고 교란이라고 하는 것이 맞는 표현일 겁니다."

"아테나 전술 체계만 해도 기겁할 일인데 도대체 어디까지 발전해 있는 겁니까?"

"하하하! 다들 실체가 없다고 난리들인데 국장님은 믿어주니 다행이네요."

"그거야 제가 보사소에 있었으니 당연한 거 아니겠습니까? 그보다 레이더에 걸리지 않는 전략 항공기까지 보유하고 있는 겁니까?"

씨익!

의미심장하게 웃어주었다.

"국장님, 오늘은 여기까지만 하시죠."

그리곤 대답을 피했다.

콕스 국장과는 유대감이 생기긴 했어도 뭐든 다 말해주기는 곤란한 상대다.

특히 깡패 국가인 미국 국방부에서 전략무기를 개발하는 사람이라 더 그랬다.

하지만 우리 편이 된다면 얘기가 달라질 것 같기는 했다.

"대표님, 이러다 미칠지도 모릅니다."

"국장님이 제 사람이 된다면 원하는 것 이상을 알 수도 있을 겁니다."

"무슨 뜻입니까?"

"말 그대로입니다. 지금 그 위치에서 제 통제를 받는 것이죠. 대신 개인적으로 원하는 건 모두 얻을 수 있을 겁니다. 그게 돈이든 첨단 무기에 대한 목마름이든 말입니다."

"저더러 스파이가 되라는 겁니까?"

"스파이가 아니라 제 편에서 제 뜻을 전달해주는 메신저가 되라는 겁니다. 참고로 우리에겐 무기 기술만 있는 건 아닙니다."

"……."

"이를테면 의학이라든지 제약이라든지 하는 것들 또한 어느 기업들보다 앞서 있다고 자부할 수 있다는 뜻입니다."

명예까지는 아니어도 부와 건강을 주겠다는 것인데 콕스 국장도 내 말뜻을 제대로 알아들은 듯했다.

"…생각할 시간이 필요합니다."

"그러세요. 아, 가족들이 걱정된다면 스피츠베르겐이나 파이티티로 이주하는 것도 추천합니다. 뭐, 한국도 괜찮구요. 그리고 한 가지 더 말한다면 믿고 따르는 부하 장교들 또한 환영합니다."

"위험한 일입니다."

"글쎄요. 위협이 될까요?"

"자신 있다는 거군요."

"물론입니다. 필요하다면 태평양 함대를 무력화할 수도 있지 않겠습니까?"

"네?"

"하하하! 말이 그렇다는 겁니다. 말이 그러니 너무 놀라지 마세요."

"태평양 함대에 그런 일이 일어난다면… 으~ 생각만 해도 끔찍한 일입니다."

진저리를 치는 걸 보니 콕스 국장의 애국심은 군입답다는 생각을 들게 했다.

"저도 그렇게까지 하고 싶진 않으니 잘 생각해 보고 연락주세요."

일본 내각조사실이 엉뚱한 일을 꾸민 덕분에 상황이 묘하게 흘러가고 있었다.

그리고 지나고 보니 차라리 잘 됐다는 생각이 들기도 했다.

진작 더 광범위하고 훨씬 더 직접적으로 복수하는 건데 하는 생각이 들 정도였다.

나비 효과

"이렇게 갑자기 무슨 일입니까?"

포트먼 장관(국무부 장관)이 갑자기 찾아온 하시모토 관방장관을 보고 한 말이다.

말투에 냉기가 얼어붙을 정도였다.

'뭐지? 이 분위기는……'

본격적인 대화를 시작하기도 전에 이미 진 분위기라 하시모토 장관은 잔뜩 주눅 들었다. 그래도 워싱턴까지 왔는데 그냥 갈 수는 없는 노릇이라 자기 역할을 해내려고 노력했다.

"그게… 저, 있잖습니까?"

"뭐가 말입니까?"

"지금 저희 사정이 좋질 않습니다. 그래서 말인데 중고라고 좋으니 구축함을 판매해주실 수 없겠습니까?"

해상자위대 함대 기지가 쑥대밭이 된 여파가 이런 식으로 나타나고 있었다.

이른바 나비효과였다.

"갑자기 구축함을 판매해 달라는 이유가 뭡니까?"

모를 리 없는데 이런 반응이라니.

하시모토에게 다시 한번 굴욕감이 찾아왔다.

평소의 미국이라면 무기 거래에 적극적으로 나서야 했다. 그런데 지금 포트먼 장관의 태도는 전혀 관심이 없다는 표정이다.

'도대체 왜 이러는 거야?'

답답하고 두려웠다.

믿었던 미국에서 구축함을 구매하지 못한다면 제해권을 한국이나 중국에 내줘야 했다.

이건 자신이 생각해도 끔찍했다.

이럴 때일수록 정신을 바짝 차려야 한다는 걸 알기에 하시모토는 떨지 않으려고 노력했다.

"설마 저희 사정을 모르시는 겁니까?"

"무슨 사정을 말하는 겁니까?"

크흠!

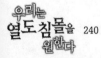

정말 모른다는 것인가? 아니다. 이건 말이 안 된다.

'이 작자들이 우방국이라면서 해도 해도 너무하네. 지금 모른 척하겠다는 거야?'

미국이 일본 해상자위대 사정을 모른다? 지나가는 개가 웃을 일이다.

"괜한 신경전이라고 생각하지만 말씀드리죠. 의문의 사건으로 해상자위대 구축함과 호위함들이 심한 손상을 입었습니다. 저희는 누군가가 EMP를 이용했다고 생각하지만, 아직은 원인을 모르는 상황입니다. 그래서 중고 전함이라도 구매하려고 하는 것인데 도와주셨으면 합니다."

"…으음, 그런 일이 있었는지는 몰랐군요. 하지만 저 혼자 결정할 수 있는 일이 아니군요."

"일이 어떻게 돌아가는지는 저도 알고 있습니다. 하지만 장관이 나서주신다면 빨리 진행되지 않겠습니까?"

"그거야 그렇겠죠. 일단 대통령님께 보고 드리고 어떻게 할지 알려드리겠습니다. 일단 도쿄로 돌아가시죠."

"아닙니다. 결정 날 때까지 여기 호텔에서 기다리겠습니다."

"그건 알아서 하시고… 그럼 이만."

포트먼 장관은 그 말만 남기고 냉랭하게 일어났다.

혼자 남은 하시모토 장관이 머쓱해하고 있는데 보좌관

이 앞에 와서 슥 앉았다.

"장관님, 어떻게 됐습니까?"

"차가워."

"네?"

"포트먼 장관 반응이 지나치게 차갑단 말일세."

"포트먼 장관과는 사이가 괜찮았던 거 아닙니까?"

"한국에서 무슨 짓을 했는지 몰라도 너무 냉랭해. 평소 같았으면 더 팔아 재끼려고 했을 텐데 말이야."

골치가 아픈지 옆머리를 꾹꾹 누른다. 표정과 하는 행동만 봐도 얼마나 고심이 되는지 알 정도였다.

보좌관도 덩달아 심각해졌다.

"구축함이면 중고라 해도 최소 5천억 달러인데 그걸 마다한다는 겁니까?"

"그러게 말이야. 내가 그리 말하면 몇 척이나 필요하냐고 물어 올 줄 알았는데 그런 질문조차 없었어."

"확실히 이례적이군요."

"그러니까 말이야."

"그렇다고 러시아나 중국에서 구할 수도 없는 일인데 이제 어떻게 해야 하는 겁니까?"

쉽게 말해서 미국이 모른 척하면 어떻게 해볼 뾰족한 수가 없다는 거다.

고장난 전함들을 수리하기 위해서 총력을 기울이고 있

기는 했다. 하지만 시간이 많이 필요한 일이라 미국 도움이 필요했다.

"일단 기다려 봐야지."

"그러지 마시고 다른 루트를 찾아보는 건 어떻겠습니까?"

"로비를 하자는 말인가?"

"뭐라도 해야 하지 않겠습니까?"

보좌관의 말에 하시모토는 생각이 더 복잡해졌다.

* * *

일본만 난리가 난 것은 아니었다.

미국 또한 일본에서 일어난 일에 대해 진위를 알아내려고 모든 정보 라인을 120% 이상 가동하고 있었다.

"하시모토 관방장관이 중고 전함을 구매하기 위해서 왔단 말입니까?"

"그렇습니다. 대통령님. 일단 보고하겠다고 시간을 벌어두기는 했는데 제 판단으론 거절해야 한다고 봅니다."

"급하긴 급한 모양이군요. 그렇다면 폐기 직전의 오래된 전함이라면 판매해도 괜찮지 않을까요?"

누가 미국 대통령 아니랄까 봐 실리적으로 어떤 이득을 취할 수 있는지부터 생각했다.

"그러기엔 아직 확인되지 않은 사실이 너무 많습니다."

"장관이 보기엔 이번 일도 한국에서 한 일이라고 보는 겁니까?"

"정확히는 한국이 아니라 강백호 대표가 했다고 보는 관점이 맞을 겁니다. 제 개인적인 느낌으론 살얼음판을 건너는 기분입니다."

"우리 미국의 운명이 강백호 대표에게 달렸다는 말로 들리는데 맞습니까?"

"적어도 아니라고 말씀드리긴 어려울 듯합니다."

대통령 표정이 심각하게 변했다.

패권 국가의 대통령이 된 것에 대해 자부심이 대단했다. 그런데 어느 날 갑자기 동양의 작은 나라 눈치를 보게 생겼으니, 생각하면 할수록 부아가 치밀었다.

그렇다고 기분 내키는 대로 할 수도 없었다.

하필 자신이 대통령일 때 이런 일이 일어난 것에 대해 짜증이 났다.

"…그렇군요. 그 문제는 나중에 따로 얘기하고 CIA 국장은 일본에서 일어난 일에 대해 보사소에서 벌인 일에 대한 보복성이라고 보던데 장관도 그리 보는 거군요."

"그렇습니다. 보사소야말로 강백호 대표가 속한 WT에서 의욕적으로 추진하는 도시 재건 사업이니까요. 그런

사업을 방해하려고 했으니 일본이 얼마나 괘씸했겠습니까? 그리고 인명 피해 없이 보복할 수 있는 수준으론 이보다 더한 방법도 없지 않겠습니까."

CIA에서는 이미 단정 짓고 있었다. 그러나 이번에도 실체적인 진실이라고 하기엔 모자란 부분이 있었다.

"그렇긴 한데 한국이 기술 공유를 해준다는 보장도 없이 이렇게 끌려가도 되는 건지 모르겠군요."

"강백호 대표 국적이 우리 미국입니다. 무슨 일이 있어도 최소한의 공조는 할 수 있도록 추진하겠습니다."

"그 전에 한 가지 확인하고 싶은데 우리는 이번처럼 한날한시에 해상자위대 전력의 7할을 무용지물로 만들 수 있는 능력이 있습니까?"

"대규모 인력을 투입한다면 가능하긴 할 겁니다. 하지만 이번 일처럼 아무도 모르게 해내진 못할 겁니다."

포트먼은 솔직하게 대답했다.

이렇게 감쪽같이 일본 전역에 있는 함대 기지를 무력화한다는 건 미국뿐만 아니라 세계에서 어떤 나라도 불가능하니까.

"듣자 하니 모사드가 끼어든 것 같던데 그건 어떻게 생각합니까?"

"확인되지 않은 사실이지만 모사드라면 그러고도 남음이 있습니다. 그래도 다행인 것은 강 대표가 우리 미국을 배제하지 않는다는 것입니다."

"모사드가 끼어들었다는 것은 이스라엘도 한국 군사 기술을 원한다는 것인데 그 문제는 어떻게 하는 것이 좋겠소?"

"조만간 강백호 대표를 만나서 의중을 살펴보겠습니다."

"아, 잠시 후 전략 무기 개발국 콕스 국장과 면담이 있는데 같이 만나겠습니까?"

"중요한 일입니까?"

"아마 장관도 알아야 할 일일 거요."

"그럼 그렇게 하겠습니다."

콕스 국장에게 백악관 면담이 잡힌 것은 보사소에 다녀온 일이 공식적으로 보고되었기 때문이다. 포트먼 장관은 잠시 다른 방에서 쉬다가 콕스 국장이 도착했다는 말에 다시 집무실로 이동했다.

그런데 콕스 국장의 보고를 듣고 있자니 온몸에 소름이 끼쳤다. 이제 미국의 독무대는 끝이구나 하는 생각이 들 정도였다.

"그러니까 보사소에 이미 아테네 전술 체계가 적용되고 있다는 말입니까?"

"네. 대통령님. 아테네 체계는 미사일뿐만 아니라 박격포 포탄까지 요격해내는 놀라운 결과를 보였습니다."

"박격포 포탄이 발사되고 탄착점까지 떨어지는 시간은 겨우 몇 초에 불과한데 그것까지 잡아낸다는 말입니까?"

"제가 직접 목격했습니다."

"그럼 구축함뿐만 아니라 지상 배치형까지 개발이 끝났다는 거군요."

"그렇습니다. 대통령님."

"설마 신형 구축함이 완성된 건 아니겠죠?"

"확실한 정보가 없습니다만 그건 아직 아닌 듯했습니다. 보사소가 공격받고 있다고 해서 급하게 설치했다는 소릴 들었습니다."

콕스 국장은 스카웃 제안을 받았지만, 아직 결정하지 못하고 있었다.

그러니 어떤 결정을 내릴 때까지는 자신의 역할에 충실할 생각이라 대통령을 만난 거였다.

"어떤 대가를 지불하더라도 아테나 전술 체계를 들여와야겠군요."

"그렇습니다. 대통령님."

콕스 국장은 누구보다 마음이 급한 사람이다.

전략 무기를 개발하는 입장에서 천하무적과 같은 전술 체계를 직접 체험했으니 어떤 난관을 겪는다 해도 반드시 도입해야 한다고 생각했다.

"보고할 내용은 그게 전부입니까?"

"한 가지가 더 있습니다."

콕스 국장의 표정이 사뭇 심각해서 주변 분위기도 금세 동화되었다.

"뭔지 말해 보세요."

"그게 그러니까… 강백호 대표는 이미 6세대 전투기를 개발한 것으로 보입니다."

"……."

대통령과 국무장관은 거의 동시에 반응했다.

포트먼 장관은 벌떡 일어났고, 대통령은 두 손으로 얼굴을 감싸더니 쓸어내렸다.

그만큼 충격받은 것이다.

"국장! 그게 무슨 말입니까?"

대통령은 정신이 반쯤 나간 것 같아서 포트먼이 콕스 국장에게 물었다.

"일본 주요 함대 기지를 이동하면서 EMP탄을 투하했다가 동시에 터트린 겁니다. 때문에 훈련 중이거나 임무를 수행하던 전함들을 제외한 전부가 EMP탄에 당한 것이죠."

"레이더는 뭐 하구요? 아무리 허접한 해자대라 해도 레이더 감시는 했을 거 아닙니까?"

"강 대표가 말하는 뉘앙스로는 사실상 완벽한 스텔스

기능을 지녔다고 합니다."

"그, 그럼?"

"네. 현존하는 레이더로는 잡아내지 못한다는 뜻입니다."

"맙소사! 우리 역시 속수무책이라는 거잖습니까?"

대통령은 다시 한번 두 손으로 얼굴을 쓸어내렸다.

"만약에 공격할 마음을 먹는다면 그렇게 될 겁니다."

착잡한 표정을 짓는 대통령을 보자니 보고하는 콕스 국장도 마음이 무거웠다. 그리고 대세는 기울었다는 생각이 새삼 뇌리를 스쳐 지나갔다.

"이제 보니 동맹이 문제가 아니라 생존의 문제군요."

포트먼 장관이 핵심을 짚어냈다.

"당장 강백호 대표와 면담을 추진하세요. 어떤 대가를 주고서라도 확실한 다짐을 받아야겠습니다."

"네. 대통령님!"

*　　*　　*

"왜 이렇게 귀가 간지럽지?"

"누가 형님 욕하는 거 아닐까요?"

"누가?"

"그거야 많죠. 이 사람 저 사람."

내가 귀를 후비자 청룡이 나를 놀렸다.

청룡이 농담한다는 것은 그만큼 많이 가까워졌다는 걸 의미했다. 형제 결의를 하기는 했지만, 어딘가 모르게 벽이 있었는데 최근 들어선 그게 많이 허물어진 느낌이다.

"하긴. 내겐 친구라 할 만한 사람이 몇 안 되긴 하네."

"뭘 또 그렇게 진지하게 받아들이세요."

"그런데 위쪽 사정은 어때?"

"북한 말입니까?"

"그래."

"얼마 전에 형님이 알려준 장소에서 금을 찾아냈습니다."

"운반은 어떻게 하고?"

"필리핀 현지에서 팔고 달러를 확보했습니다. 그 정도 달러면 한시적이겠지만 식량 문제 해결은 가능할 겁니다."

가장 시급하게 해결해야 할 문제는 역시 식량이다. 쥐도 궁지에 몰리면 고양이에게 덤벼드는 법이다. 그러니 전쟁을 일으키지 않을 정도는 도와야 한다는 생각에 시작한 일이다.

통일이고 철도 연결이고 하는 것들도 잔뜩 굶주린 상태에서는 귀에 들어오지 않을 것이다. 그래서 야마시타 골

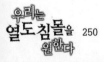

드가 묻혀 있는 곳 중 한 곳을 알려준 거였다.

"식량 운반에 문제가 생기지 않게 도와주도록 해."

"네. 그래야죠."

"난 거제에 좀 다녀와야겠으니 급한 일 있으면 연락해."

"네. 형님."

아직은 초기형이긴 하지만 아트래핀 반도체가 만들어지고 있었다.

이젠 새로운 전함을 건조할 시기가 된 것이다. 그래서 조선소에 들러서 수리가 출력해준 새로운 전함 설계도를 건네줄 생각이다.

새로운 전함 건조가 끝나고 전함이 완공되는 1년 후에는 동해와 서해 그리고 남해 먼 바다까지 제해권을 틀어쥘 수 있을 것이다.

현재도 일본 해상 자위대는 무용지물이나 마찬가지였다.

한국 해군은 대양 해군으로 나가기엔 전력이 많이 부족했다. 그래서 한꺼번에 많은 전함이 필요했는데, 이참에 9척을 건조하고 연이어 추가로 9척을 건조할 계획이다.

조선소에 들러서 설계도를 건네고 지심도에서 하루를 보냈다.

그런데 뜻밖의 인물이 지심도에 나타났다.

"당신은……?"

모사드 요원이라고 대범하게 자신을 소개했던 소피였
다.

"의외인가요?"

"지심도에서 당신을 보게 될 줄은 몰랐군요."

"미리 말씀드릴 것이 있어서요."

"이왕 여기까지 오셨으니 말씀해 보세요."

지심도까지 왔는데 그냥 가라고 하는 것도 뭐하고 해서
앉으라고 한 다음 본격적인 대화를 시작했다.

"그런 식으로 해상자위대 함대 기지를 공격할 줄 몰랐
어요."

"그걸 따지자고 온 걸 아닐 테고 여기까지 온 이유를 말
해 보세요."

"곧, 위구르 독립을 위해 움직임이 있을 거예요."

"그거야 제가 관여할 바는 아닌 것 같은데……."

"그게 일이 좀 복잡해졌거든요."

"또 뭐가요?"

"위구르 해방 전선이라 불리는 급진파가 있는데 그들
이 중국에 테러를 일으킬 모양이에요."

"그래서요?"

"그게 아무래도 한참 공사 중인 산샤댐을 공격할 거예
요."

1994년 공사를 시작해 1997년 물막이 공사를 끝내고, 2009년 완공 예정인 세계 최대의 댐이 바로 산샤댐이다. 아직 댐으로서의 기능을 하는 건 아니지만 물막이 공사를 끝냈으니 그걸 터트려서 중국을 흔들겠다는 것이다.

높이 185m에 길이 2,300미터가 넘는 대형 댐을 공사 중이라 물막이를 해둔 축대가 붕괴된다면 일대에 수많은 사상자와 이재민이 생길 것이 뻔하다.

"산샤댐이 어디에 있는 겁니까?"

세계 최대의 대이라고 하지만 미래에서 온 나는 산샤댐에 대해서 모르고 있었다. 내가 살던 미래엔 그런 댐이 존재하지 않았으니까.

"양쯔강에 건설 중인데 완공이 된다면 세계에서 제일 규모가 큰 댐이 될 거예요."

"아직 완공도 되지 않을 댐을 터트려서 얻을 수 있는 게 뭐죠?"

"조사해 보니까 물막이 공사가 완공됐더군요. 물막이 공사가 완공됐으니 그걸 터트려서 혼란을 만드려는 거예요. 최소 수백만 명의 사상자와 수천만 명의 이재민이 예상되는 테러라 저도 혼란스러워요."

위구르 독립을 위해 움직이겠다고는 했지만 이런 식으로 진행될지는 미처 몰랐던 모양이다.

무고한 시민의 죽음이 예상되는 일이라 감정이 없다는 모사드 요원도 주저하고 있었다.

"막을 생각입니까?"

"모르겠어요."

　개인적인 생각인지 모사드에서도 그리 생각하는지 모르겠다.

"그냥 두세요."

"하지만 너무 많은 사람이 죽을 거예요."

"그 정도는 돼야 위구르 독립이 가능할 겁니다. 누군지 모르겠지만 맥락을 잘 짚어냈네요. 그리고 위구르족이 당해왔던 인권 문제도 있으니 그 정도는 해야 독립 후에 전쟁이 일어나지 않을 겁니다."

"……."

　소피는 생각에 잠겼다.

　위구르족이 독립을 하게 된다면 어떤 식으로든 중국과 마찰을 빚을 수밖에 없을 것이다. 그런데 샨사댐 물막이 축대를 터트려서 원한을 해결한다면 전쟁을 막을 수 있다는 거란다.

　소피 입장에서 보면 새로운 발상이었다.

"왜 반응이 없습니까?"

"생각하느라구요."

"무슨 생각이요?"

"테러가 전쟁을 막는다는 발상이 새롭다는 생각이 들어서요."

피식.

"누가 하건, 어떤 이유에서 하건, 테러는 할 짓이 못됩니다. 무고한 인명을 빼앗는 건 비겁한 짓이니까. 하지만 한족에게 핍박받아왔던 민족이라면 다르겠죠. 넓은 범주에는 우리 한국도 포함되고 말입니다."

그놈의 중화사상 때문에 피해를 본 소수 민족이 한 둘이랴?

소위 말하는 대국 운운하면서 자기네가 세상의 중심이라니. 바로 옆 나라인 한국은 절대 인정할 수 없는 거다. 지금까지는 약소국이라 참아왔지만, 굴욕의 역사에서 벗어나기 위해서 준비가 착착 진행되고 있었다.

"이런 일을 하다 보니 뭐가 정의인지 모르겠어요."

"심리 상담을 하게 될 줄은 몰랐군요."

"그러려고 한 건 아닌데… 이왕 말이 나왔으니 제게 해줄 말 있나요?"

"정의가 따로 있다고 보진 않습니다. 자기편이 곧 정의니까."

"모사드 요원이니까 이스라엘을 위해서 일하면 그만이라는 건가요?"

"이를테면 그런 셈이죠. 그래서 모사드 요원이 된 거

아닙니까?"

"호호호! 제가 초심을 잊어버렸나 보네요. 도움이 됐어
요."

"여기까지 온 이유가 그게 답니까?"

"물론 아니에요. 제가 여기까지 와서 당신을 만난 이유
는 아테나 전술 체계를 수입하기 위해서예요."

아직 한국에도 제공하지 않았다.

순서상으로 본다면 한국에 먼저 제공하고 그다음은 미
국이다. 미국이 그동안 어떻게 행동했건 가장 강력한 우
방국이니 그걸 무시할 생각은 없어서다. 그러고 나면 전
략적인 선택을 하든가, 문을 꼭꼭 걸어 잠그는 거였다.

사실 영국과 독일, 프랑스 정도는 협상할 생각이 있었
다. 물론 그들도 많은 대가를 지불해야겠지만 말이다.
특히 프랑스는 병인양요 당시 빼앗아 간 문화재를 모두
돌려준 다음에야 협상이 가능할 것이다.

"아직 시기가 이릅니다."

"보사소에는 이미 적용했잖아요."

"그렇다고 한국이나 미국보다 먼저 이스라엘에 판매할
수는 없는 노릇 아니겠습니까?"

"순서를 기다리라는 건가요?"

"네."

"그 순서 꼭 정해진 건 아니잖아요."

"글쎄요. 바꿀 이유도 없는 것 같은데……."

"필요하면 유전과 맞바꿀 수도 있어요."

"제게 유전이 필요할 것으로 보입니까?"

"석유는 어느 나라에든 필요한 자원이에요."

틀린 말은 아니다. 하지만 우리에겐 다른 미래에서 온 첨단 기술이 있었다.

지금은 그걸 대체에너지라고 불렀다.

100년 후에는 대체에너지가 아니라 주력 에너지가 될 것이니, 적어도 내게는 소피의 제안이 통하지 않았다.

"다른 나라는 몰라도 저에겐 아닙니다."

"대체 에너지원이 있다는 건가요?"

"그런 식으로 정보를 캐려고 하지 마세요. 지금은 아테나 전술 체계만 해도 받아들이기 어려운 나라들이 많으니까."

"무슨 뜻인지 알았어요. 그럼 한 가지만 더 질문해도 될까요?"

"대답할 수 있는 거면 대답해드리죠."

"일본이 그리 큰 나라는 아니어도 주요 함대가 여기저기 흩어져 있는데, 어떻게 한날한시에 그게 가능했는지 알 수 있을까요?"

피식.

나도 모르게 웃음이 났다.

그러고 보니 참 매력적인 여자란 생각이 들었다.

차라리 미인계를 썼으면 모른 척 넘어가 줄 수도 있었을 텐데, 그녀는 그럴 생각은 없어 보였다.

'이건 아직 대답해 줄 수 없겠어.'

콕스 국장에겐 힌트를 주긴 했다.

하지만 모사드 요원에게 밝힐 만한 내용은 아니라서 함구하기로 했다.

"그건 비밀입니다."

"비밀이란 얘기는 방법이 있다는 거군요. 마음만 먹으면 얼마든지 다시 할 수도 있고."

그걸 또 그렇게 해석하다니 모사드 요원다웠다.

"솔직히 아니라고는 못하겠네요."

"앞으론 강 대표님 신경 거스르는 일은 하지 말아야겠네요. 호호호!"

웃으니까 더 뇌쇄적이다.

'내가 이런 스타일을 좋아했나?'

내가 생각해도 의외였다. 이렇게 서구적으로 생긴 여자에게 끌리다니 말이다.

"사귀는 사람 있어요?"

"어머! 제게 관심 있어요?"

"글쎄요. 아직은 잘 모르겠는데 호감은 있습니다."

솔직하지 못할 이유가 없어서 그리 말했다.

"저런~ 진작 미인계를 쓸 걸 그랬네요."

그녀가 더 아쉬워하는 모습이다.

그녀의 신분 때문에 그게 진심인지 모르겠으나 확실히 끌리는 구석이 있었다.

* * *

소피가 다녀가고 얼마 뒤 산샤댐 물막이 축대가 무너지는 테러가 발생했다. 거대한 물줄기가 중국의 여러 도시를 망가트렸고, 최소 300만 명 이상의 사상자와 수천만 명에 이르는 이재민이 발생했다.

"인도적인 차원에서 피해복구 인력을 파견하는 건 어떻겠습니까?"

중국에서 일어난 일로 청와대도 비상이다. 이미 세계 각국에서 이재민을 돕겠다고 구호 성금을 보내고 있어서 한국 정부도 가만있을 수 없었다.

"우선 상황을 조금 더 지켜보시죠. 대통령님."

"테러 때문에 그럽니까?"

"그렇습니다. 시기적으로 민감해서 구조 인력까지 파견했다간 괜한 분란을 만들어 낼 겁니다."

대통령 수석 보좌관 회의에서 김경호 안보수석이 중국에 구조 인력 파견을 반대했다.

자칫하면 한국도 테러에서 안전하지 않다는 걸 강조하고 싶은 거였다.

"이해는 하겠는데 가만있기엔 너무 큰일이 벌어졌어요. 안 그렇습니까?"

"이번 일은 구호금을 보내는 선에서 마무리하시죠."

"다들 그렇게 생각하는 겁니까?"

"네. 그게 좋겠습니다."

"저도 그렇게 생각합니다."

수석 보좌관들이 모두 구호금 보내는 선에서 마무리하기를 원하자 대통령도 그렇게 하겠다고 의견을 모았다.

"좋습니다. 그럼 구호금은 얼마가 좋겠습니까?"

구호금을 보내기로 중지를 모았으나 이번엔 얼마를 보내느냐가 화두로 올랐다.

이런 구호금은 너무 적으면 받는 입장에서 욕하고, 너무 많으면 한국 국민이 가만있진 않을 거다.

"1억 달러면 적당해 보입니다."

"그렇게 합시다."

"대통령님! 1억 달러는 너무 많습니다."

민정수석이 1억 달러를 거론하자 비서실장이 너무 많다고 반대했다.

이후로 의견이 분분해서 얼른 결정이 나질 않았다.

"그럼 얼마가 좋겠습니까?"

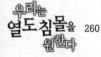

"5천만 달러면 적당하다고 생각합니다. 1억 달러까지 가면 저항이 생길 겁니다."

"금액은 조금 더 고민해 보겠습니다. 아니면 미국이 하는 걸 보고 수준을 정해도 늦지 않을 것 같기도 하구요."

"알겠습니다."

이후에도 국정 현안들을 처리하는 과정에서 많은 논의가 오갔다.

마지막에는 모두 나가고 비서실장과 안보수석만 남았다.

"김 수석, 강백호 대표에게 연락 없습니까?"

"최근엔 없었습니다."

"보사소에 아테나 체계가 적용됐다고 하던데 그건 확인했습니까?"

"강백호 대표를 만나게 되면 자연스럽게 확인해 보려고 했는데, 아직이라 확인하진 않았습니다."

"종잡을 수가 없는 듯한데 컨트롤이 되겠습니까?"

대통령은 뭔가 착각을 하고 있었다.

자신이 대통령이고 강백호는 한국 사람이니 자기 통제를 따라야 한다고 말이다.

하지만 여기서 명확한 사실이 하나 있다면 그것은 바로 갑은 WT그룹이라는 거였다.

김경호 안보수석은 아주 잠깐 비서실장과 눈빛을 교환

했는데, 난처한 기색이 역력했다.

 그래서 작심하고 말을 꺼냈다.

 "대통령님. 강백호 대표를 컨트롤 할 수 있는 방법은 없습니다."

 "왜죠?"

 "강 대표 국적이 미국이고 아테나 전술 체계를 비롯해서 첨단 군사 기술을 보유한 WT그룹을 소유했으니까요."

 "지금 나더러 숙이고 들어가라는 겁니까?"

 "미국 대통령도 숙이고 들어가는 판국에 어쩌겠습니까?"

 "언제까지 끌려다닐 수는 없는 노릇이고 약점은 있을 거잖아요."

 대통령은 WT그룹을 컨트롤해서 모든 일을 자기 업적으로 만들고 싶은 듯했다.

 하지만 안보수석 입장에서는 우는 아이를 달래는 것도 아니고, 대통령의 이런 태도는 납득하기 힘들었다.

 "강백호 대표는 조심히 다뤄야 할 인물입니다. 자칫 사이가 틀어지면 아테나 체계를 비롯해서 6세대 전투기까지 얻기 힘들어질 겁니다."

 "그러니까 닥치고 하자는 대로 해라?"

 대통령이 발끈하더니 목소리가 커졌다.

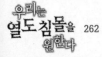

"죄송합니다. 대통령님."

"비서실장도 그리 생각합니까?"

"…기본적으로 안보수석 의견에 동의합니다."

끄응.

"알았으니 나가보세요."

비서실장과 안보수석을 내보낸 대통령은 한참을 고민했다.

하지만 뾰족한 수가 떠오르질 않으니 머리가 지끈거렸다.

'하아… 어쩔 수 없나?'

스륵.

두 번째 책상 서랍을 열었는데 거기엔 또 다른 핸드폰이 두 개나 더 있었다.

공직에 있으니 두 번째 폰이 있을 수는 있지만, 대통령의 손은 마치 금단의 열매라도 따려는 것처럼 조심스럽게 움직였다.

"날세."

—오랜만에 연락하셨습니다.

"잠깐 만나야겠는데……."

—늘 만나던 곳으로 가겠습니다. 혼자 오십시오.

"그러지."

간단히 통화하고 전화를 끊더니 이번엔 검찰 총장에게

전화를 걸었다.

—아이고 이거 전화를 다 주시고 감사합니다. 대통령
님.

"감사는 무슨."

—하하하! 어쩐 일이십니까?

"배 총장, WT그룹이라고 아십니까?"

—물론입니다. 요즘 떠들썩한 기업이라 예의 주시하고
있습니다.

"거기 좀 흔들어봅시다."

—대통령님께 밉보이기라도 한 모양이군요. 어디까지
할까요?

이럴 때는 어디까지가 적정선인지 직접 물어보는 것이
현명하다.

자칫하면 해놓고도 욕먹을 수 있으니 말이다.

"글쎄요. 검찰 조사에서 부정이 발각된다면 적법한 절
차에 따라 조치해야 하지 않겠습니까?"

—아! 알겠습니다. 대통령님.

전화 통화는 거기까지였다.

주도권

종로 뒷골목 허름한 실내 포차 안.

어울리지 않게 고급 양복을 입은 사람이 막걸리 사발을 만지작거리다가 결국 한입에 털어 넣었다.

"크~ 이 집 막걸리 맛은 변함없어서 좋아."

"그거 아십니까?"

"뭘 말인가?"

"취임하시고 처음입니다."

"사는 게 다 그런 거지. 허허허."

"뭐 그렇다고 치죠. 오늘은 무슨 일이십니까? 다시는 찾지 않을 줄 알았는데."

"핑계로 들리겠지만 자네 일은 내 임기가 끝난 뒤에 돌봐주려고 했었어. 지금까지 음지에서만 일했으니 공천 자리 하나 알아봐 주면 되겠나?"

얼마 전 당선된 대통령의 킹메이커 역할을 했던 최상구는 꽤 많은 시간이 지났음에도 자신에게 연락이 없어서 실망이 여간 크지 않았다.

"원하시는 일이 뭡니까?"

"자네도 강백호 대표는 알겠지?"

"물론입니다."

"강 대표와 WT그룹이 가진 기술이 꽤 놀라운 것들이 많아. 나라에 도움이 될 것 같기는 한데 너무 설친단 말이지. 그래서 말인데 버릇을 고쳐줄 만한 방도가 없겠나?"

최상구는 김재민 대통령에게는 장자방이요 제갈공명이다.

덕분에 대통령에도 당선됐고, 정치하는 동안 많은 도움을 받았다.

그런데 정작 정점인 대통령이 되었는데도 찾아주질 않아서 고심 중이었는데, 갑자기 불러내서는 머리를 빌려 달란다.

가까이 브레인이 많은데도 자신을 찾은 이유는 공식적으로 기록을 남기지 않으면서도 효과적인 방법을 원하

기 때문이다.

그렇다고 린치를 가하거나 뭐 그런 걸 원하는 것도 아니다.

김재민 대통령이 원하는 건 손에 쥐고 흔들 수 있는 뭔가다.

"제가 알기론 강백호 대표가 미국도 쥐고 흔든다고 하던데 쉽지 않을 겁니다."

"그래서 자네를 찾은 거 아니겠나. 급하게 내놓으라는 거 아니니까 천천히 생각해 보고 방도가 있거든 연락 주게."

"알겠습니다."

최상구는 자신이 구축한 비선 조직을 움직여서 검찰 총장을 움직이게 만들었다.

그런데 이게 대통령이 내준 숙제를 하는 것이 아니라 뭐라도 찾아내기 위해서 하는 일이라는 것이 놀라운 거다.

"어떻습니까?"

비서실장 박기동이 최상구를 찾아왔다.

최상구가 검찰 총장을 움직였다는 정보를 접하고 일부러 불러낸 거다.

"별거 없습니다. 일부 직원들이 비리를 저지르기는 했는데 워낙 소액이라 검찰에서 발표하는 것이 오히려 이

상할 정도라서요.”

“급성장 중인데 흠집 하나 없다는 겁니까?”

“저도 놀랐습니다. 오세희 회장을 소환할 수 있는 핑계 정도는 찾아낼 줄 알았는데 말입니다.”

“이제야 알겠군요. 대통령님이 왜 제게 연락을 했는지.”

“방법이 없겠습니까?”

“제가 고민을 좀 해봤는데 그쪽에 첨단 기술이 많다고 했었죠?”

최상구가 박기동에게 사실 확인 차원에서 질문했다.

이미 다 알고 있는 사실을 확인한다는 건 뭔가 생각해 낸 것이 있다는 거다.

“네. 그렇습니다만…….”

“법안 중에는 첨단 기술을 전략 기술로 지정해서 정부에서 컨트롤 하는 방법이 있습니다.”

“하지만 강백호 대표 국적은 미국입니다. 어떻게 보면 강백호 대표가 우리에게 선의를 베푸는 개념이죠.”

“그럼 대통령님이 욕심을 부리는 거군요.”

“우리끼리 얘기니까 하는 말이지만 강백호가 속한 방위 사업단으로 이목이 쏠리는 경향이 있어서 불편해하십니다.”

대외적으로야 대통령이 나라의 중심이라고 할 수 있겠

지만 막상 청와대를 차지하고 보니 실세는 따로였다.

그게 마음에 들지 않아서 고민하다가 최상구를 찾았고, 일은 점점 엉뚱한 방향으로 흘렀다.

"…으음, 그럼 김포 반도체 단지를 전략 기업으로 선정하는 건 어떻겠습니까?"

"WT반도체 본사가 미국인데 그게 될까요?"

"좀 억지긴 하지만 공장이 국내에 있으니 우겨보는 겁니다. 시시비비가 가려질 때까지는 수출이 금지되는 효과는 있으니까 말이 통하게 하는 수단은 될 겁니다."

"일단 알겠습니다."

"전 더 나은 방법이 있는지 찾아보겠습니다."

"네."

"그런데 이거 하나는 명심해야 합니다."

"무엇을 말입니까?"

"주도권 쟁탈전에서 패할 경우 대통령님은 자존심 지키기도 어렵게 될 겁니다."

최상구는 필요할 때만 자신을 이용하는 김재민 대통령이라 해도, 해가 되는 것을 추천하고 싶지는 않았다.

미우나 고우나 자신에게는 김재민만큼 자신을 챙겨줄 인사도 없기 때문이다.

"그건 그렇죠."

"이건 유리할 것이 없는 싸움입니다. 그리고 나라를 위해선 대통령님이 한 발 양보해야 하는 것도 맞구요."

"그 말씀도 전하죠."

* * *

백악관 주인이 날 찾는다는 말에 할 말이 있으면 직접 오라고 했다.

오란다고 불려 다니면 내가 할 일을 못 할 것 같아서다.

거제와 서울, 김포를 오가면서 여러 프로젝트를 추진하고 있어서 미국에 다녀올 마음의 여유가 없었다.

그랬더니 포트먼 장관이 거제에 며칠 머물고 있는 나를 직접 찾아왔다.

아무에게도 알리지 않고 비밀리에 움직였다는데, 청와대에서 아무도 나오지 않은 걸 보면 정말 극비리에 들어온 것 같았다.

"또 뵙네요."

"강 대표님, 잘 지내셨습니까?"

"덕분에요. 그런데 바쁘신 분이 여기까진 어떻게 오셨습니까?"

대통령이 내게 할 말이 뭐였을까?

궁금하기는 해서 포트먼 장관이 날 왜 찾아왔는지 알고 싶기는 했다.

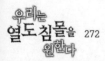

"아무리 바빠도 강 대표님을 만나야 해결되는 일이 있어서 찾아왔습니다."

"그게 뭘까요?"

"콕스 국장에게 들었습니다. 전략 항공기 정체에 대해서 확인한 다음 어떻게 할지 상의하고 싶습니다."

"사실이냐고 확인해 달라는 겁니까?"

"그렇습니다. 이건 저희에겐 매우 중요한 일입니다. 왜냐하면 F—22를 전술 배치하느냐 전면 폐기하느냐 하는 중차대한 결정이 걸려 있습니다."

F—22는 개발 막바지였다.

전술 배치를 위해 각종 테스트가 진행되고 있어서 미국 국방성에서도 주문을 위한 초읽기에 들어간 상태다.

유지보수 비용을 포함한 대당 도입 비용이 무려 3억 6천만 달러에 달하는 초대형 사업이었다.

그런데 이 사업이 졸지에 폐기 직전에 몰린 것이다. 그것도 콕스 국장이 물어 온 확인되지 않은 보고에 의해서 말이다. 만약 이 사업이 이대로 폐기된다면 로키드는 그대로 파산하게 될지도 모른다.

미 공군에서 F—22 도입을 취소한다면 천문학적인 개발 비용을 보전할 방법이 없기에 하는 말이다.

"콕스 국장에게 한 말을 확인하고자 하신다면 모두 사실입니다."

나는 그저 담담하게 말했는데 포트먼 장관은 입이 쩍 벌어진다.

"진심입니까?"

"물론입니다. F—22를 어떻게 하냐고 묻는다면 개인 적으론 비싸기만 한 기체를 굳이 도입할 필요가 있을까 싶네요."

내 입장에서는 미국 기업인 로키드가 망하든 말든 아무 상관이 없었다.

물론 자기네들은 죽네 사네 하겠지만 말이다.

"그 말씀은 6세대 전략 항공기 판매를 해주시겠다는 말 씀이십니까?"

"미국이 한국 정부와 제게 배신만 하지 않는다면 제공 할 의향이 있습니다."

"배신? 저희가 배신할 이유가 없잖습니까?"

"미국이란 나라는 국익을 위해 언제든 입장을 바꿔 왔 으니 하는 말입니다."

미국은 한국의 우방이라고 하지만 역사를 보면 한국을 배신했던 적이 있었다.

필리핀을 지배하기 위해서 한반도를 일본에 넘겼고, IMF 당시에도 금융 개방을 위해 한국을 버렸다.

시장 경제 때문이라 해도 내용을 보면 지들 이익을 위 해 한 나라의 경제를 망가트려 놓은 것이나 다름없어서

개인적으론 그리 해석했다.

하지만 나와 형제들이 과거로 오면서 IMF 사태는 오지 않았고, 한국은 많은 부분 변하고 있어서 미국과의 관계 설정도 다시 할 필요가 있었다.

"어떤 부분을 말씀하시는지 모르겠지만 과거는 과거일 뿐입니다."

"하긴, 그렇죠. 그리고 시대가 변했으니 새로운 계약으로 새로운 관계를 맺으면 될 것도 같습니다."

미국은 변호사의 나라다.

어떤 계약서를 작성하느냐가 아주 중요하기에 밑밥을 던져 놓는 거였다.

"그 말씀은 일본을 염두에 두고 계시는 겁니까?"

"네. 맞습니다."

내가 일본을 싫어한다는 걸 포트먼 장관도 알기에 넘겨 짚는 말인데 아니라고 할 이유가 없어서 그렇다고 했다.

"일본을 정말 싫어하시네요."

"제가 사정이 있어서 국적은 미국으로 했습니다만 제 핏줄은 어쩔 수 없는 거 아니겠습니까?"

"그렇군요."

"제 조건은 잘 알고 계신 것 같으니 차후 준비가 되면 제가 콕스 국장을 통해 따로 연락드리겠습니다."

"콕스 국장을 연락책으로 삼겠다는 말씀 같은… 어?

혹시 콕스 국장을 영입하실 생각이십니까?"

눈치가 빠르다.

하긴, 그러니 미국이란 나라에서 국무부 장관을 하고 있겠지만.

"네. 제안하긴 했는데 아직 대답을 듣지는 못했습니다."

어떻게 되든 메신저 역할은 콕스 국장이 담당하게 될 거란 뜻이다.

"콕스 국장 위치가 이적이 쉽지는 않을 겁니다."

"미국 기업으로 이적하는 건데 그걸 반대할 명분은 없다고 생각합니다만?"

"하지만……."

"콕스 국장이 가지고 있는 미국 신무기에 대한 지식은 저나 제 회사엔 아무 쓸모가 없습니다. 그러니 비밀 유지 서약을 하고 나오면 그만 아닐까요?"

"그…그건……."

반박할 명분이 없으니 말을 더듬었다.

"미국과는 여러 부분에서 협력할 생각이니 되도록 정부 측에서 관여하지 말아 주셨으면 합니다. 물론 정부와 의논할 일이 있다면 제가 알아서 연락드릴 겁니다."

"그, 그래야죠."

"그리고 한 가지 부탁이 있는데 말입니다."

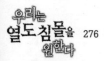

"말씀해 보시죠."

"이왕 오신 거 청와대 좀 들렀다 가시죠."

"청와대는 왜?"

"새 행정부가 저항 힘겨루기를 하고 싶은 모양인데 오해가 있다면 장관님이 좀 풀어 주셨으면 합니다."

우리 쪽에서 어떤 메시지를 전달하는 것보다 포트먼 장관이 한마디 해주는 것도 나쁠 것 같지 않아서 하는 말이다.

오세희 회장이 뭔가를 하고 있기는 해도, 이왕이면 다 홍치마라고 미국 국무부 장관이 한마디 하는 것과는 또 다를 것이다.

포트먼 장관은 청와대에 들러 두 시간 동안 대통령과 대화하고 미국으로 돌아갔다.

효과가 있었는지 그 뒤로 새 행정부의 신경전은 사라졌다.

대신 미국에서 시끄러운 소식이 들리기 시작했다.

그것은 미 공군과 로키드와의 갈등에서 기인한 거였다.

"갑자기 모든 테스트를 취소하겠다니 그게 무슨 말입니까?!"

F—22를 개발하고 모든 테스트에도 책임을 맡고 있는

밀러 박사가 공군 담당자를 향해 소리를 질렀다.

아직 많은 테스트가 남아 있기는 했어도 자신들이 개발한 F—22는 현존하는 최강의 스텔스 전투기였다.

이른 바 게임 체인저로 부르기에도 손색이 없는 개발품이었다.

그런데 갑자기 모든 테스트를 취소하겠단다.

테스트를 취소한다는 건 도입도 취소된다는 뜻이니 그동안 헛일을 한 것이다.

막대한 예산을 날리는 일이라 도저히 받아들일 수 없는 일이기도 했다.

"미안하게 됐습니다. 상부 지시라 저도 자세한 사정은 모릅니다."

공군 담당자는 그렇게만 말하고 더 할 말이 없는지 일어나려고 했다.

"그걸 말이라고 하는 겁니까?"

밀러 박사의 계속되는 항의에 공군 담당자도 얼굴을 찌푸렸다.

"상부 지시 사항인데 나더러 어쩌란 겁니까?"

"보류도 아니고 취소면 도입도 전면 재검토하겠다는 뜻 아닙니까?"

"그럴 가능성이 높은 것 같습니다."

밀러 박사는 다리에 힘이 빠지는 것을 느끼곤 억지로

버티려고 다리에 힘을 더 주었다.

왜 이런 일이 벌어지는지는 몰라도, 공군 담당자가 하는 말대로라면 자신을 비롯한 로키드는 이제 망한 거나 다름없었다.

"우린 어쩌란 말입니까?"

"죄송합니다. 저도 어쩔 수가 없군요."

미안하다고는 하지만 공군 담당자는 미련 없이 일어섰다.

공군 담당자, 오스틴이란 이름을 가진 공군 대령은 왜 이런 일이 벌어졌는가에 대한 대략적인 사정을 알고 있었다.

'훨씬 저렴한 6세대 전투기가 있다는데 어쩔 수 없는 노릇이지.'

정확한 일정은 정해져 있지 않으나 조만간 WT항공으로부터 시험 기체 한 기를 받기로 했단다.

오스틴 대령이 다녀간 로키드는 시제기 테스트 중지로 발칵 뒤집혔다.

"사장님, 뭐 들으신 거 없습니까?"

"6세대 전투기란 소리가 왕왕 흘러나오기는 했는데… 아무래도 그게 사실이었던 모양이군."

"네? 이제 그 이야기를 하시면 어찌합니까!"

"그걸 얘기한다고 뭐가 달라지나?"

"네?"

"우리가 갑자기 6세대 전투기를 개발할 수 있는 것도 아니고, 대책이 있냔 말이야."

"그럼… 이대로 프로젝트가 중지되면 어떻게 되는 겁니까?"

"어쩌긴 살려달라고 빌어야지. 가만, 이러고 있을 때가 아니야."

다급한 마음에 가만있다간 사장 자리를 내놓아야 한다는 생각밖에 들지 않았다.

루카스 사장은 당장 펜타곤이 있는 알링턴으로 출발했다.

눈썹 휘날리게 알링턴에 도착한 루카스 사장은 곧장 오스틴 대령을 만났다.

그러나 오스틴 대령은 아는 것도 없고 할 말도 없다면서 콕스 국장을 소개해 주었다.

콕스 국장 사무실 앞에서 오스틴 대령이 문을 두드렸다.

똑똑!

"들어오세요."

문을 열고 안으로 들어가니 콕스 국장이 작은 박스에 물건을 담으면서 책상을 정리하고 있었다.

"오스틴 대령이군요."

"어디 가십니까?"

"모르시는 모양이군요. 오늘이 근무 마지막 날입니다."

"네?"

오스틴 대령도 깜짝 놀랐다.

자신이 들었던 소문 중에는 콕스란 이름이 아주 많이 오르내렸기 때문이다.

그런데 마지막 근무라니.

이건 뭔가 앞뒤가 맞질 않았다.

"그렇게 됐습니다. 근데 무슨 일입니까?"

"로키드 사장님이 오셔서요."

"지금 말입니까?"

"네. 복도에 계십니다."

"왜 왔는지는 알겠는데 죄다 극비 사항이라 말씀드릴 것도 없는데 어쩌죠?"

"저도 그렇게 말은 했는데 그쪽도 사정이 급하게 됐으니 누구라도 만나보고 싶다는데 전들 어쩌겠습니까."

개발 비용은 정부에서 제공했으니 사실상 로키드가 책임질 부분이 없다고도 볼 수 있었다.

그러나 액면 그대로만 보면 곤란했다.

F—22를 개발하느라 들어간 노력과 시간은 무엇으로

도 대체할 수 없는 일이니까.

"…으음."

"그냥 잠깐만 만나보시죠."

"알겠습니다."

오스틴 대령은 루카스 사장을 소개해 주고 바쁜 일이 있다면서 자신은 쏙 빠졌다.

콕스 국장은 사표를 냄과 동시에 미군에서 전역하고 며칠 쉴 계획이었다.

이후 곧장 WT본사가 있는 뉴욕으로 옮길 예정이기도 했다.

가족은 이미 뉴욕으로 이사해서 자리를 잡았고, 콕스 국장이 제일 마지막이었다.

"갑자기 시제기 테스트가 중단되었는데 뭐가 어떻게 돌아가는 겁니까?"

"이유를 말씀드리자면 간단합니다. 더 싸고 더 좋은 전투기가 개발됐기 때문입니다."

"그게 무슨 말씀입니까?"

"모든 사안이 극비로 분류돼 있어서 제가 따로 말씀드릴 순 없습니다. 오스틴 대령도 그래서 제게 온 것이구요."

"……."

"참고로 전 오늘이 마지막 근무일이라 비밀 유지 서약

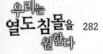

을 했기에 아는 것이 있어도 말씀드릴 수 없습니다."

비밀 유지 서약을 했다는데 뭐라고 하겠는가.

루카스 사장은 자신만 억울하고 답답할 뿐 이미 오래 전에 결정이 났다는 느낌을 받았다.

"…우리더러 죽으란 거군요."

루카스 사장의 말에 콕스 국장은 난감하다는 표정을 지었다.

"저야 떠나는 몸이라 앞으로 어떻게 될지 모르겠지만 사업비 보상 정도는 있지 않겠습니까?"

있기는 있을 거다.

길고 긴 지루한 협상을 통해서 말이다.

"하지만……."

"죄송합니다. 제가 나가봐야 해서요."

사무실을 나가는 콕스 국장의 뒷모습을 루카스 사장은 허탈한 눈으로 쳐다보았다.

*   *   *

시간은 빠르게 흘러갔다.

한국이 달리는 사이, 중국은 댐 공사 테러로 촉발된 여러 일로 내홍을 겪는 중이었다.

일본은 전력 공백을 메꾸기 위해서 노력 중이다.

그 뒤로 1년이란 시간이 훌쩍 지났다.

내게 1999년은 한편으로는 몹시 바쁜 한 해였고, 한 편으로는 아주 지루한 한 해였다.

한국 정부와 미국 정부를 번갈아 상대하고 남북한 합의를 이끌어내는 과정은 정말 지루하고 어려웠다.

북한에 경제특구를 만들기로 합의만 하는데 무려 1년이란 시간이 걸린 것이다.

숱한 협상단을 만나는 와중에도 김포와 거제를 오가면서 미래 무기를 제작했다.

특히 거제 조선소에서 만들어지는 전함에 정성을 기울였다.

1년 동안 9척의 전함이 만들어졌고, 모두 아테나 전술 체계를 탑재했다.

이걸 돈으로 따지자면 얼마를 받아야 할지 모를 정도로 천문학적이라서 한국 정부에서는 이것을 감당한 예산이 부족하다고 말했다.

그래서 협상한 것이 3척은 구입하고 남은 6척은 임대해주는 방식으로 해군에게 인도하기로 한 것이다.

척당 1조 5천억 원이란 가격은 한국 국방비로는 부담스러운 가격이었다.

그래서 3척은 10년에 거쳐 나누어 받고, 남은 6척은 척당 연간 500억 원에 임대 해주기로 했다.

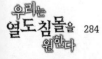

언제든 매각 협상이 가능하다는 조항을 계약서에 삽입했고, 추가 건조 조건에 대해서도 협상했다.

여기서 핵심은 아무리 돈이 없어도 아테나 체계를 탑재한 구축함이라면 무조건 도입해야 한다는 거였다.

보통 1년에서 2년까지 전력화 적응 기간을 가져야 했다.

그러나 아테나급 전함 9척은 3개월의 시험 항해를 시행하고 곧바로 해군에게 인도되었다.

이 모든 것이 가능한 이유는 수리가 자가 복제해서 프로그램해낸 인공지능 때문에 가능한 거였다.

12,000톤급 구축함인 아테나급을 두고 중국이나 일본에서는 순양함으로 분류해야 하는 거 아니냐면서 딴지를 걸었지만, 한국은 이를 가볍게 무시했다.

"하하하! 감개무량하군."

방위 사업단 단장인 합참의장 고진태 장군이 나를 보고 웃으면서 말했다.

해군에게 인수된 뒤 정식 행사가 있었는데 오늘이 바로 그날이라 나도 참석했다.

"그러게요. 힘든 15개월이었습니다."

"강 대표, 정말 고맙네."

"저야 뭐 받을 거 다 받고 한 일인데 고마울 것이 뭐 있겠습니까?"

"에이~ 그래도 자네가 아니었다면 어떻게 이런 조건으로 아테나급 전함을 가질 수 있었겠나."

"하하하! 아주 조금 기여한 것으로 하겠습니다."

"하여간 자네도 대단하네. 나 같았으면 절대 그런 조건에 넘기지 않았을 거야. 그리고 추가로 9척을 연달아 건조한다면서?"

"네. 이미 시작했습니다."

계약도 없이 건조하는 건 바보짓이나 마찬가지다.

그러나 한국 해군이 구입하지 않아도 해결할 방법은 무궁무진하기에 머뭇거릴 이유가 없었다.

"거침이 없구만."

"그렇지 않아도 그 문제로 만나 뵙고 말씀드릴 제안이 있었습니다."

"어떤 제안인가?"

"임대 중인 여섯 척 중 한 척과 건조 중인 구축함 중 세 척을 미국 해군에 판매하는 겁니다."

"응? 정부 허가가 필요한 일이긴 하지만 판매하고 말고는 자네 몫인데 왜 그런 말을 하는가?"

"한시적으로 판매 권한을 드리겠다는 겁니다. 비싸게 팔아서 그 돈으로 저희가 만든 아테나급 구축함을 매입하시면 되지 않겠습니까?"

내가 이런 제안을 하는 이유는 서로 윈윈 하자는 거다.

국방 예산이 부족한 한국으로선 미국에 비싸게 판돈으로 우리가 만든 구축함을 매입하라는 거였다.

"정말 그래도 되겠나?"

"물론입니다. 그동안 당한 것도 있으니 최대한 비싸게 팔아 보세요. 그럼 추후에 저희가 판매할 때도 그것이 기준 가격이 될 테니까요."

"하하하! 자넨 정말 뭐라 할 말이 없게 만드는구만."

마다할 이유가 없는 거다.

최종 결정은 대통령이 내리긴 하겠지만 사정을 봐주는데 이걸 마다한다면 바보 천치나 하는 짓이다.

"서로 돕고 살아야죠. 돈은 있다가도 없고, 없다가도 있는 거 아니겠습니까?"

"하하하! 그거야 그렇지."

"그럼 그렇게 알고 있겠습니다."

"서둘러 올라가야겠군. 결정 나는 대로 바로 연락하겠네."

"그러세요."

〈다음 권에 계속〉

어울림 BOOKS 신인 작가 대모집!

어울림 출판사는 무한한 상상력과 뜨거운 열정을 가진 작가 여러분을 기다리고 있습니다.

창작에 대한 열의가 위대한 작품으로 꽃피울 수 있도록 저희 어울림 출판사가 여러분의 힘이 돼 드리겠습니다.

지금 도전하십시오!

모집 분야 : 판타지, 역사, 무협, 로맨스 등

모집 대상 : 아마추어, 인터넷 작가등 열정을 가진 모든 작가

모집 기한 : 수시 모집

작품 접수 방법 : 당사 네이버 카페 또는 이메일을 이용해 주십시오.

파일 형식은 제한이 없으나 원활한 원고 검토를 위해 '.HWP' 형식으로 보내주시고, 파일에 연락처도 함께 기재해주시면 됩니다.

채택된 작품은 정식 계약을 통해 출판물로 간행됩니다.
간행된 출판물은 당사의 유통망을 이용하여 전국 서점으로 배포됩니다.
※ 문의 사항은 네이버 카페(http://cafe.naver.com/oulim0120)를 이용하시기 바랍니다.

경기도 고양시 일산동구 장항동 43-55 성우사카르타워 801호
어울림 출판사 신인 작가 담당자 앞
전화 031) 919-0122 / **E-mail** 5ullim@daum.net